Liquidación

Imre Kertész

Liquidación

Traducción de Adan Kovacsics

ALFAGUARA

Título original: Felszámolás / Liquidation
© 2003, Suhrkamp Verlag, Frankfurt am Main
© De la traducción: Adan Kovacsics
© De esta edición:
   D. R. © Santillana Ediciones Generales, S.A. de C.V., 2004
   Av. Universidad núm. 767, col. del Valle,
   C.P. 03100, México, D.F. Teléfono: 5604-92-09
   www.alfaguara.com.mx

ISBN: 968-19-1473-2

Proyecto de Enric Satué

© Cubierta: Anna Fárová
   Josef Sudek, *Retrato del pintor Václav Sivko*
   (fragmento, 1955)

Primera edición en México: mayo de 2004

Para Magda

«Entonces entré en casa y escribí:
Es medianoche.
La lluvia azota los cristales.
No era medianoche.
No llovía.»

BECKETT, Molloy

Llamemos Keserű a nuestro hombre, al héroe de esta historia. Imaginamos a una persona y luego un nombre. O a la inversa: imaginamos un nombre y luego a la persona. Todo ello resulta, sin embargo, prescindible en este caso, porque nuestro hombre, el héroe de esta historia, se llama realmente Keserű.

Así se llamaba también su padre.

E incluso su abuelo.

Por tanto, Keserű fue registrado con el apellido de Keserű en el registro civil: ésta es la realidad. Keserű, sin embargo, no la tenía en mucho últimamente (la realidad, queremos decir). Últimamente —en uno de los años postreros del pasado milenio, en una radiante mañana de principios de primavera de 1999, por decir algo— la realidad se había convertido en un concepto problemático para Keserű o, cosa esta aún más grave, en un estado problemático. En un estado que —según el sentir más íntimo de Keserű— carecía sobre todo de realidad. Cuando de algún modo lo obligaban a utilizar la palabra, Keserű siempre añadía en el acto: «La llamada realidad». Era, desde luego, una satisfacción bastante mísera, que, por supuesto, no lo resarcía.

Keserű, como solía hacer con frecuencia últimamente, se hallaba ante su ventana, mirando abajo, a la calle. Ésta ofrecía el espectáculo más cotidiano y habitual de las cotidianas y habituales calles de Budapest. Los coches permanecían aparcados en la acera plagada de manchas de mugre, aceite y excremento canino, y por el hueco de un metro de ancho que se abría entre los vehículos y los muros leprosos de los edificios transitaban los cotidianos y habituales peatones, afanados en sus asuntos; sus semblantes hostiles permitían deducir la existencia de sombríos pensamientos. Algunos, ansiosos por adelantarse a la fila india que los precedía, se bajaban de la acera, pero el coro de bocinas cargadas de odio no tardaba en frustrar la absurda esperanza de poder salirse de la fila. En los bancos de la plaza de enfrente, en aquellos, concretamente, que no habían sido despojados de sus listones, se sentaban los sin techo de la zona, con sus hatos, bolsas y botellas de plástico. Sobre una barba hirsuta brillaba un gorro de lana carmesí cuya borla colgante se mecía alegremente junto a aquel pelo tan recio. El pesado abrigo de invierno, carente ya de botones y de color, propiedad de un hombre tocado con la arrugada gorra de oficial de un ejército inexistente, estaba ceñido por un cinturón de seda abigarrado, floreado y coqueto, que en su día a buen seguro había formado parte de una bata de señora. Unos pies de mujer, plagados de juanetes y calzados con unos zapatos de noche plateados y de tacones desgastados, emergían de unos pantalones vaqueros; más allá, sobre la estrecha franja de hierba rala, yacía una figura indefinible, parecida a un montón de trapos, toda piernas encogidas y catatónica inmovilidad, tumbada o por el alcohol o por la droga o quizá incluso por ambos a la vez.

Mientras contemplaba a los sin techo, Keserű tomó conciencia de pronto de que volvía a contemplarlos. No cabía la menor duda de que les dedicaba demasiada atención últimamente. Era capaz de perder media hora de su tiempo —que, por lo demás, carecía de valor— con la fascinación de un voyeur que no logra desprenderse del espectáculo obsceno que se le ofrece. Para colmo, esta actitud de voyeur le generaba conciencia de culpa, acompañada por una atracción mezclada con repugnancia que acababa desembocando en una inquietud nauseabunda y en angustia existencial. En el instante en que esta angustia se perfilaba claramente en él, Keserű, como si hubiera alcanzado la misteriosísima meta de su misteriosa actividad, se daba la vuelta satisfecho, por así decirlo, y se acercaba a la mesa, sobre la cual yacían, abiertos y revueltos, como pájaros muertos, diversos manuscritos.

Sabía Keserű que esta relación obsesiva que se había establecido con los sin techo sin su conocimiento y aprobación, como quien dice, guardaba algo inquietante. Realmente sufría por ello como por una enfermedad. De hecho, habría bastado decidir no acercarse más a la ventana. O acercarse con el único propósito de abrirla para ventilar las habitaciones o para otros fines prácticos. De repente, sin embargo, se daba cuenta de que volvía a estar junto a la ventana, contemplando a los sin techo.

Suponía Keserű que esta peculiar pasión suya debía de entrañar algún significado explicable. Es más, tenía la sensación de que, desentrañando este significado, comprendería mejor su vida, que en los últimos tiempos le resultaba incomprensible. Tenía la sensación de que abismos lo separaban últimamente de esa constante casi palpable que en su día conociera por el nombre de personalidad. La cuestión hamletiana ya no era, para Keserű, ser o no ser, sino: ¿soy o no soy?

Keserű, aparentemente distraído, hojeó uno de los documentos mecanografiados que yacían sobre su escritorio. Era un legajo bastante grueso, el manuscrito de una pieza de teatro. Sobre la cubierta estaban el título, LIQUIDACIÓN, así como la denominación del género: «Comedia en tres actos». Debajo ponía: «La acción transcurre en Budapest, en 1990». Cogió la primera hoja entre dos dedos, dispuesto a seguir hojeando, pero de repente decidió detenerse en el dudoso placer que le proporcionaba la descripción del escenario:

(El desolado despacho de redacción de una desolada editorial. Paredes desconchadas, armarios desvencijados, enormes huecos entre los libros colocados en los estantes, polvo, abandono; aunque no hay indicio de mudanza alguna, la desoladora provisionalidad de los traslados lo domina todo. En el despacho hay cuatro escritorios, cuatro puestos de trabajo. Sobre las mesas, máquinas de escribir, algunas de ellas tapadas con un protector, libros apilados, carpetas con manuscritos, archivadores. Las ventanas dan a un patio. En el fondo, una puerta que da al pasillo. A lo lejos se vislumbra la luz solar de la última hora de la mañana. El desolado despacho de la redacción, sin embargo, está iluminado por luz artificial.

Allí se encuentran Kürti, su esposa Sára y el doctor Obláth. Están sentados como si esperaran a alguien, perdidos, en torno a un escritorio del que se descubrirá que es el de Keserű.)

Notó Keserű que empezaba a apoderarse de él la pasión lectora, extraña posesión determinante y funesta para su vida. Le gustaba el diálogo que abría la obra:

KÜRTI Lo odio. Me da asco. Me dan ganas de vomitar. Este edificio. Un antiguo palacio por si no lo sabéis. Estas escaleras. Este despacho. Todo esto.

OBLÁTH *(dirigiéndose a Sára)* Dime ¿sabes de qué está hablando?

SÁRA Se aburre.

OBLÁTH Yo también me aburro. Y tú también.

SÁRA Pero él se aburre radicalmente. Es el único radicalismo que le queda. Es lo que ha quedado de los grandes tiempos. El aburrimiento. Lo lleva a todas partes, como un perro puli muy peludo y furioso al que uno suelta sobre los demás de vez en cuando.

KÜRTI Me obligan a venir a las once...

SÁRA *(con voz tranquilizadora, casi suplicante, como si se dirigiera a un niño)* Nadie te ha «obligado». Keserű te pidió que trajéramos el material a la editorial. A las once, a ser posible.

KÜRTI Y ahora son las once y media. Y aquí no aparece ni un alma. A vosotros no os preocupa, claro. Permanecéis sentados y lo toleráis, como todo se tolera en este país. Todas las estafas, todas las mentiras, todos los asesinatos con arma de fuego. De hecho, ya toleráis los asesinatos que se cometerán después de que os asesinen a vosotros.

Keserű se rió. Para ser precisos, soltó ese sonido breve y característico que, en su caso, últimamente significaba una muestra de hilaridad. La voz emergía del estómago, como quien dice, y parecía más un gruñido seco que una risa. Sea como fuere, no tintineaban en ella la alegría y el regocijo. Siguió hojeando el manuscrito hasta que sus ojos se quedaron clavados en la siguiente instrucción de escena:

(Keserű entra precipitadamente, con una carpeta gruesa bajo el brazo.)

KESERŰ Lo siento. No es culpa mía. Disculpadme, disculpadme. La reunión se fue alargando.

SÁRA Pareces nervioso. ¿Ha ocurrido algo?

KESERŰ Nada en particular. Sólo que van a liquidar la editorial. El Estado no está dispuesto a seguir financiando la bancarrota. La ha financiado durante cuarenta años y a partir de hoy dejará de hacerlo.

OBLÁTH Lógicamente. Es otro Estado.

KÜRTI El Estado es siempre el mismo. También hasta ahora sólo ha financiado la literatura para liquidarla. El apoyo estatal a la literatura es la forma estatalmente encubierta de la liquidación estatal de la literatura.

OBLÁTH *(con ironía)* Una formulación axiomática.

SÁRA ¿Y qué pasará con la editorial? ¿Desaparecerá?

KESERŰ En esta forma, sí. *(Encogiéndose de hombros, un tanto desanimado)* Ahora bien, en esta forma todo y todos desaparecemos.

Sí, Keserű recordaba aquella mañana de hacía nueve años. Recordaba que, tras salir de la reunión del comité editorial (de la llamada reunión del comité editorial), entró en el despacho con esa carpeta gruesa bajo el brazo. Lo esperaban Kürti, Sára y Obláth alrededor de la mesa. Él, Keserű, dijo más o menos lo mismo que en la obra de teatro. Lo llamativo era, sin embargo, que cuando la escena se produjo en la realidad, casi calcada palabra por palabra, la persona que había escrito la obra y la escena en concreto ya no vivía.

Se había suicidado.

La policía encontró la jeringuilla y las ampollas de morfina.

Keserű tuvo la presencia de ánimo suficiente para rescatar gran parte de los manuscritos antes de la llegada de los funcionarios (la escasa correspondencia la cogió Sára, a punto de desmayarse).

En el legado encontró también esta pieza de teatro. Hace más de nueve años, cuando Keserű la leyó, su trama acababa de empezar y continuaba revelando que el personaje llamado Keserű —igual que el Keserű real— tuvo la presencia de ánimo suficiente para rescatar gran parte de los manuscritos antes de la llegada de los funcionarios al escenario del suicidio. Luego, cuando puso a buen recaudo el botín literario y se abalanzó sobre él con avidez, Keserű no tardó en descubrir la obra de teatro así como la escena en la cual tenía la presencia de ánimo suficiente para rescatar... etcétera, etcétera. A continuación, las escenas fueron enlazándose la una con la otra, tanto en la obra como en la realidad. De tal modo que, al final, Keserű no sabía si admirar más la cristalina previsión del autor —su difunto amigo— o su propio y casi compungido afán por identificarse con el papel prescrito y cumplir lo que marcaba la historia.

Ahora, al cabo de nueve años, sin embargo, Keserű se interesaba por otra cosa. Su historia había concluido, pero él seguía allí, lo cual planteaba un problema cuya solución Keserű aplazaba una y otra vez. O bien debía continuar su historia, lo cual resultaba imposible, o bien debía empezar una nueva historia, lo cual resultaba igualmente imposible. Mirando alrededor, Keserű veía por supuesto soluciones, mejores y peores; de hecho, pensándolo bien, sólo veía soluciones en vez de vidas. El personaje de la pieza llamado Kürti, por ejemplo, últimamente había elegido la solución de enfermar. La última vez que fue a verlo, Keserű lo encontró en la cama, con un aparato para medir la tensión sanguínea, tabletas de diversos colores y tamaños en la mesa, cajas de medicamentos e incluso con un pequeño dispositivo que le servía para aplicarse inyecciones. Sára estaba, apática, en la cocina. Este tal Kürti había sido sociólogo en su día, se había retirado a un puesto insignificante en los años setenta y ochenta al tiempo que escribía con afán inquebrantable su gran monografía sobre el «saber intempestivo y sus raíces en Hungría debido a la mentalidad propia de este país». Antes había pasado por la prisión, y aunque la policía política ya no apaleaba, le dieron una buena bofetada con tal mala fortuna que Kürti se quedó sordo del oído izquierdo.

Keserű fue hojeando la pieza hacia atrás. Volvemos a la escena inicial: Kürti, su esposa Sára y el doctor Obláth lo esperan a él, a Keserű. Obláth dice algo, Kürti no lo entiende, Obláth lo repite a gritos.

SÁRA No grites, limítate a no hablarle al oído reventado.

OBLÁTH *(se disculpa avergonzado)* ¡Siempre lo olvido!

KÜRTI *(mientras empieza a deambular por el despacho, mira las estanterías de libros, contempla el mobiliario, y coge un libro y otro)* Mejor así. Ocurrió hace mucho tiempo, es cosa del pasado. *(Tantea entre los libros y, como si hablara medio en sueños)* Resulta extraño, pero se convirtió en cosa del pasado hace poco. De repente. En un dos por tres. Cayó el régimen, y no me dan ganas de mentir diciendo que lo derribé yo. Continúa la liquidación general, y no tengo ganas de participar. Me he convertido en espectador. Y ni siquiera miro desde las primeras filas, sino desde el gallinero. Puede que me haya cansado. Puede también que nunca creyera verdaderamente en lo que creía. Ésta sería la peor de las versiones. Porque entonces me habrían reventado el oído por nada. Ahora tiendo más bien a esta hipótesis. *(Calla y se queda ensimismado con un libro en la mano)* He estado en el talego por nada, he cargado con mis antecedentes penales por nada, he tenido prohibido publicar por nada, y no soy un héroe, sino que he tirado la vida por la borda.

OBLÁTH *(para consolarlo)* Aquí todos han tirado la vida por la borda. Es la especificidad del lugar, el *genius loci*. Aquí, el que no tira la vida por la borda simplemente carece de talento.

Keserű volvió a hacer sonar su risa, más parecida a un gruñido furioso que a una muestra de hilaridad. Le dio pena haber quedado fuera de esta escena (recordó haber entrado después en el despacho, con una carpeta gruesa bajo el brazo) y no haber podido participar de la conversación. Le gustaba este estilo, este humor amargo y macabro, armado con los visos de la omnisciencia, que le permitía recordar un mundo hacía tiempo desaparecido; era un estilo sumamente útil, el lenguaje de los iniciados, que los protegía de sus propias desilusiones, sus temores y sus pueriles y bien escondidas esperanzas.

Miró Keserű el reloj y comprobó que ese día no tenía nada que hacer. Se acercaba el mediodía. Se preguntó, fugazmente, con qué había llenado las horas hasta ese momento, pero no supo responder a esta pregunta. Lo cierto era que, ese día, llevaba una intensa vida interna: soñó con algo, se despertó con una erección, y mientras se afeitaba le rondó la sensación de que, ese día precisamente, debía tomar por fin una decisión, aunque no tuviera muy claro en qué consistía y fuera, además, plenamente consciente de su incapacidad para decidir.

Aun así, se le ocurrió a Keserű la idea de colocar la pieza —la comedia (¿o tragedia?) titulada *Liquidación*— en algún teatro.

Llevaba nueve años pensando en esta posibilidad.

En general, llevaba nueve años preguntándose si gestionaba concienzudamente el legado.

Había de todo en él: prosa y apuntes, fragmentos de diarios y comienzos de relatos (así como la pieza de teatro, claro, la *Liquidación*). Sin embargo, faltaba lo esencial, al menos a juicio de Keserű.

Por otra parte —era éste su pensamiento más secreto, tanto que ante sí mismo incluso lo guardaba—, por otra parte, si lograba liberarse de la pieza, en cierto sentido se liberaría también de sí mismo. Se liberaría quizá de la oprimente sensación de irrealidad que últimamente lo agobiaba y que lo acompañaba siempre y a todas partes como una ausencia incómoda, cual si fuese la sombra ausente de Peter Schlemihl.

La historia empezó esa mañana en que Keserű entró, con una carpeta gruesa bajo el brazo, al despacho de la redacción donde lo esperaban Kürti, su esposa Sára y el doctor Obláth.

La carpeta contenía el legado literario del difunto amigo de Keserű, al que llamaremos, para abreviar, B (o Bé, que era como gustaba de llamarse). El legado llegó a manos de Keserű porque Keserű tuvo la presencia de ánimo suficiente para rescatar gran parte de los manuscritos antes de la llegada de los funcionarios, lo cual ya ha sido mencionado en su momento.

Esa mañana, Keserű se presentó con la carpeta bajo el brazo y la decisión irrevocable de aprovechar la reunión del comité editorial (la llamada reunión del comité editorial) para recomendar la publicación del legado a la editorial, uno de cuyos editores era precisamente él, y ofrecerse a realizar los trabajos de edición que exigiera dicha publicación (renunciando, por supuesto, a los correspondientes honorarios).

Sin embargo, dicha reunión fue convocada con el fin de comunicar la triste realidad de que la editorial trabajaba con pérdidas y que, por tanto, se veía obligada a llevar a cabo ciertas operaciones administrativas y financieras de cuyo monótono y soporífero análisis Keserű sólo sacó la conclusión —eso sí, con claridad meridiana— de que, por el momento, difícilmente podría presentar su propuesta.

El tema de la reunión sólo volvió a interesarle al salir de ella, poco antes de entrar en el despacho en el que lo esperaban sus amigos.

Obláth estaba precisamente explicando algo, en su estilo habitual, quejumbroso y afectado, y un largo silencio siguió a sus palabras. Sára sorbe la moquita y se lleva el pañuelo a los ojos enrojecidos, Kürti aparta ligeramente la silla y se envuelve en un profundo silencio.

OBLÁTH *(al darse cuenta de que los otros dos apenas le prestan atención, concluye rápidamente la frase)* ... O sea, desde entonces me acompaña la idea de que quizá, quién sabe, cometió un suicidio filosófico. Como un personaje de Dostoievski, por ejemplo. Lo considero posible. En su caso sí.
(Silencio.)
OBLÁTH Bueno, lo retiro.
(Silencio.)
OBLÁTH Sólo se me había ocurrido.
(Silencio.)
OBLÁTH Porque, por lo demás, no sabemos nada. Yo, por ejemplo, ni siquiera sé... vamos a ver, ni siquiera sé cómo exactamente...

(Silencio. Kürti escudriña el rostro de su espo-
sa, pero Sára calla.)

KÜRTI Sára ya te lo dirá.

SÁRA Con medicamentos.

OBLÁTH Ya me lo habíais dicho. ¿Somníferos?

SÁRA *(reservada)* No lo sé. Cuando me citaron
en la policía...

OBLÁTH *(asombrado)* ¿Te citaron en la policía?

KÜRTI Sára tenía la llave del piso.

SÁRA No era mía. Era de Keserű.

(Kürti asiente con la cabeza al tiempo que
esboza una amarga sonrisa, como si no creye-
ra ni una palabra a Sára.)

SÁRA Oye, Sándor, ¿no sería más fácil que nos
divorciáramos?

KÜRTI Pues sí, sería más fácil.

SÁRA ¿Entonces, por qué no nos divorciamos?

KÜRTI ¿Para qué? No sería menos absurdo que
seguir juntos. Por no mencionar las pejigue-
ras que supone.

¡Zas! Las letras se esfumaron, visto y no
visto, ante la mirada de Keserű, como si se las
hubiera tragado un incendio. Resulta que Keserű había introducido la obra en el ordenador
para poder leerla bien en la pantalla, bien mecanografiada. A todo esto, sin embargo, prefe-
ría leerla en el manuscrito autógrafo, que también existía en el legado, redactado con la letra
desordenada pero, para Keserű, perfectamente
legible de B. Todas las escenas contaban, además,

con esbozos de los personajes, apuntes complementarios, recordatorios y descripciones, aunque los diálogos definitivos surgidos de los apuntes poco se distinguían de estas notas, las cuales, a su vez, poco se distinguían de la realidad (o sea, de la llamada realidad), esto es, del dudoso montón de imágenes, palabras y acontecimientos registrados en la memoria de Keserú.

«Primer acto. Un único escenario, cuatro personajes: KESERÚ, SÁRA, KÜRTI, OBLÁTH. ¿Qué los ha reunido? El pasado común y su relación con B. El carácter casual de ambos factores. El pasado como comunidad casual de destinos amontonados con un rastrillo. Como mundo común cuyo secreto vergonzoso guardan conjuntamente. Nunca lo han llamado por su nombre y siempre se cuidarán muy mucho de nombrarlo. El mundo inmóvil de las vidas suspendidas, continuamente ensuciado por esperanzas caducas. Ellos, sin embargo, ni siquiera lo ven. Sólo conservan el nebuloso recuerdo de la lucha, en la que arremetían todos los días con manos y pies contra muros considerados impenetrables hasta que un buen día —quién sabe por qué— la resistencia cedió, y ellos se encontraron de pronto en la nada, que en el primer momento de estupor tomaron por libertad.

En este sentido, el suicidio de B los alcanza como un golpe, al margen de la tristeza que sienten: la noticia de esta muerte es como una refutación burlona e irrebatible. Con cautela, tratan de encontrar los motivos. Según Obláth, se trata de filosofía. De una postura radicalmente negativa, de una lógica "llevada hasta el final con todas sus consecuencias", lo cual conduce finalmente a la depresión y al derrumbamiento físico y espiritual. En comparación con B, dice Obláth, él, Obláth, doctor en Filosofía que ejerce la filosofía como oficio en su cátedra universitaria, debe considerarse un simple principiante. Desde luego, nunca afirmó ser un pensador original. "Si lo fuera, quizá ya me habrían reventado el oído, o la vesícula biliar, o lo que ellos suelen despachurrar", dice a modo de homenaje a Kürti, a buen seguro. Menciona el hecho de que él y B pasaron varios años filosofando juntos intensamente: y juntos estuvieron asimismo en una "casa de escritores", que era como se llamaban en aquella época tales instituciones. Paseaban pisando la hojarasca de los últimos días de otoño, inmersos en peripatéticas disputas bajo los gruesos plátanos.

—Dábamos grandes paseos por el bosque —recuerda Obláth, aficionado a las introducciones épicas—. B explicaba que el hombre trágico ha dejado de existir. Probablemente, también le habéis oído exponer esa teoría. Allí, sin embargo, en las montañas del Mátra, se mostraba inusitadamente lúcido. El hombre totalmente reducido o, en otra palabra, el superviviente, decía, no es trágico sino cómico, porque carece

de destino. Por otra parte, vive con una conciencia trágica del destino. Esta paradoja ("pa-
rradoja", dice Obláth con tono afectado) se le
presenta a él, al escritor, como un problema de
estilo. He de observar que es una idea digna
de atención —añade con esa expresión de re-
conocimiento que sin duda utiliza para acoger
los mejores trabajos de sus alumnos en la universidad—. En su sistema —continúa—, el superviviente constituye una especie aparte, como
un tipo de animal. En su opinión todos somos
supervivientes, lo cual condiciona nuestro mundo intelectual perverso y atrofiado. Auschwitz.
Y luego esos cuarenta años que tenemos a nuestras espaldas. Según él, aún no ha encontrado la
respuesta exacta a esta última deformación de
la supervivencia, o ésa, a los cuarenta años. Pero la busca y a punto está de encontrarla.

Calla. Tras una breve e intensa pausa,
prosigue:

—Por eso pienso en un suicidio filosófico. Tal vez decidió que ésta era la respuesta.

Y añade rápidamente:

—Su respuesta, al menos.

Los otros no coinciden del todo con él.
Kürti:

—No vivió como quien se dispone a suicidarse. Él, a su manera, sabía vivir.

Obláth:

—¿Sabía vivir? Oye, lo siento mucho,
pero esto exige una explicación.

Kürti:

—Eludió toda participación, nunca se metió en nada, no creía, no se rebelaba y no se desilusionó.

Obláth:

—Y podríamos agregar que apenas habitó ningún sitio, nunca viajó y carecía del todo de ambición. Aun así, puedo tener razón.

Kürti:

—Conservó la inocencia como una vieja solterona.

Obláth:

—Diría más bien que nadie recorrió estos cuarenta años con tanta elegancia como él. Planeaba como... como un... —calla.

Quería decir: Planeaba como un níveo pájaro de fragata sobre el océano helado y gris. Comprendió, sin embargo, que nada justificaba la comparación. La noche anterior había estado leyendo *Moby Dick* antes de dormirse.

Acto seguido vuelven necesariamente al tema de la policía. Obláth no está enterado. ¿A quién citaron? ¿Por qué lo citaron? ¿De qué llave se trata? De la llave del piso de B. Resulta que Keserű tenía la llave del piso de B. Vaya, se extraña Obláth. ¿Él, el aristócrata intelectual, repartía llaves de su piso? Pues sí, responde Keserű. A él también le llamó la atención la inusual confianza de B. Quería que le preparara los manuscritos para su publicación. Convocó a Keserű a su piso y le mostró dónde los guardaba. Le dio carta blanca: que rebuscara y eligiera a discreción. Keserű se sintió profundamente conmovido. Siempre lo había anhelado pues deseaba que B publicara más. Secretamente, confiaba en encontrar una novela en un cajón. Hoy en día, por desgracia, las verdaderas intenciones de B han quedado de manifiesto: simplemente quería dejar su legado en buenas manos. Por supuesto, dice Obláth. Fue él, Keserű, quien avisó del fallecimiento, ¿no? Claro que sí. ¿Y qué querían entonces de Sára? No lo sé, dice Keserű. En un primer momento de desconcierto llamó a Kürti. Pero Kürti no se encontraba en casa. Así pues, pidió a Sára que fuese al piso de B. ¿Por qué?, pregunta Obláth extrañado. Porque de repente tuvo la sensación de no aguantar ni un momento más solo en aquel piso, con el cadáver de B. "Vieron a una mujer" en el edificio: por tanto, citaron a Sára, pero el asunto se aclaró enseguida. En el transcurso del diálogo, Kürti despliega un diario con gran estruendo y se sumerge ostensiblemente en su lectura, como quien nada tiene que ver con la conversación. Y, de hecho, ¿qué querían de Keserű? "Nada. Son unos estúpidos", responde éste.

(Keserű se dirige al otro lado del escenario, que de repente se ilumina. Un escritorio. Sentado al escritorio, el INSPECTOR.)

INSPECTOR Usted comunicó la defunción hacia las cuatro de la tarde. Sin embargo, alguien lo vio en el edificio hacia las diez de la mañana.

KESERÚ *(nervioso)* Ya se me tomó declaración una vez.

INSPECTOR Sí, en el lugar de autos. Pero ahora debemos cerrar el acta. Le pido su ayuda. O sea, que permaneció usted entre veinte y veinticinco minutos en el domicilio del finado sin comunicar el óbito.

KESERÚ No sabía que estuviera muerto. No observé nada anormal. Creí que dormía.

INSPECTOR ¿Cómo entró usted en el domicilio?

KESERÚ Con la llave. Sé lo que me va a preguntar ahora. *(Farfullando)* Él me dio la llave, me obligó a aceptarla, por así decirlo, creo que su sensación de seguridad le pedía que...

INSPECTOR ¿Se lo dijo a usted?

KESERÚ Lo que es decirlo, no, pero...

INSPECTOR *(lo interrumpe)* ¿Entonces qué dijo? ¿Por qué quería que tuviera la llave de su domicilio?

KESERÚ *(un tanto confuso)* Cómo quiere que le diga... Se lo tomó a broma. Dijo: "Quédate con una llave, hombre, que sé que te gusta rebuscar entre mis manuscritos".

INSPECTOR ¿Eso le dijo?

KESERÚ Eso.

INSPECTOR Vaya... ¿Me puede explicar qué hizo usted en el domicilio desde el momento en que entró? *(En eso, despliega una hoja de papel sobre la mesa y la vuelve hacia Keserű, se supone que para que la vea mejor.)*

KESERŰ ¿Esto qué es?

INSPECTOR El plano del domicilio del finado. Una habitación doble y una simple en un barrio de bloques. A la derecha está la habitación doble; a la izquierda, la simple y el baño; enfrente, la cocina. Aquí entra usted en el recibidor...

KESERŰ *(se inclina sobre el plano)* Así es.

INSPECTOR ¿Y? ¿Qué hace?

KESERŰ A ver, quiero saludarle, decirle buenos días o algo por el estilo. Pero veo que duerme...

INSPECTOR Que está muerto.

KESERŰ Bueno, ahora usted lo sabe, pero en aquel momento yo no lo sabía. La cama estaba pegada a la pared, sólo vi su nuca y el edredón.

INSPECTOR Sí, pero cuando entró en el dormitorio...

KESERŰ No entré en el dormitorio.

INSPECTOR ¿Dónde entró entonces?

KESERŰ En la habitación simple. Allí estaba el secreter donde guardaba las carpetas.

INSPECTOR ¿Y allí qué hizo?

KESERŰ Aquello que me encargó cuando me dio la llave. Rebuscar entre sus manuscritos.

INSPECTOR ¿Y se llevó algo?

KESERÚ *(un poco alarmado)* ¿Usted qué se cree? No toqué nada.

INSPECTOR ¿Dónde están entonces los manuscritos?

KESERÚ ¿Qué manuscritos?

INSPECTOR Pues los que usted no tocó.

KESERÚ ¡He ahí la cuestión! ¿Dónde están? *(Silencio. Keserú y el inspector se miden con la mirada sin decir palabra. En el rostro de Keserú se observa una sonrisa apenas perceptible, como si incluso disfrutara un poco del juego.)*

INSPECTOR ¿Sabe usted algo del tatuaje?

KESERÚ ¿De qué?

INSPECTOR El finado tenía una peculiar señal en el muslo... ¿Sabe algo de ello?

KESERÚ Claro... A ver... Usted me confunde por completo. ¿Qué ha dicho? ¿Una peculiar qué?

INSPECTOR *(como si de pronto se cansara del interrogatorio, de su profesión, de la vida, de todo, con voz apagada, descolorida)* Estoy hablando de un tatuaje, señor Keserú. Se ve perfectamente, un tatuaje azul verdoso en el lado exterior del muslo.

KESERÚ *(sacude la cabeza a modo de negación)*

INSPECTOR Una B mayúscula y un número de cuatro cifras.

KESERÚ *(sigue sin saber nada)*

INSPECTOR He hablado con el forense. Un hombre mayor. *(Duda, hasta que de pronto suel-*

ta la palabra) Un hombre judío. Dice que es exactamente como el número de los prisioneros de Auschwitz, pero en ese caso no se encontraría en el muslo sino en el antebrazo. Interesante, ¿no?

KESERÚ Pues sí. Muy interesante. Pero es que no tengo ni la menor idea de los números de los prisioneros de Auschwitz. Además, no soy judío.

INSPECTOR *(con un ademán amplio, como si ahuyentara una mosca)* A mí eso no me importa.

KESERÚ ¿Por qué es tan importante el tatuaje?

INSPECTOR Porque puede conducir a determinados círculos... Nos interesaría saber, por ejemplo, de dónde sacó la morfina.

KESERÚ *(perplejo)* ¿Conque fue con morfina...?

INSPECTOR ¿No lo sabía? Revisamos el domicilio del finado. Encontramos las ampollas bajo la almohada. Ampollas normales, de hospital. Y, además, la jeringuilla extraída de un envoltorio estéril. Los drogadictos corrientes se conforman con jeringuillas usadas. *(Al cabo de un instante)* ¿Conoce usted, en su círculo más estrecho de amigos, a un médico u otra persona empleada en el sector sanitario, del que pueda usted suponer que permitiera al finado acceder al veneno?

KESERÚ No tengo ni la menor idea...

INSPECTOR ¿Conoce usted a su ex esposa?

KESERÚ Por supuesto. Se divorciaron hace al menos cinco años... ¿Por qué lo pregunta?

INSPECTOR No tiene ninguna importancia. Sólo que he visto a qué se dedica la señora. Es médica.

KESERÚ *(estupefacto)* ¿Y qué?

INSPECTOR Nada. Llama un poco la atención, ¿no?

KESERÚ *(no encuentra palabras, tal es su asombro)* No entiendo qué puede tener de interesante...

(Oscuridad.
Vuelve la luz. Todos están sentados en sus asientos de antes.)

Sára, que contiene las lágrimas, pregunta a Keserú por qué ocultó la verdad ante el inspector, concretamente, el hecho de que conocía el tatuaje y su significado.

Keserú le responde que, para eso, debería haberle contado toda la historia de B.

Así es. ¿Y por qué no lo hizo?

Porque no sabía cómo empezar, contesta Keserú.

Bien, pero ¿por qué no?

—Yo mismo llevo tiempo dándole vueltas al asunto —dijo Keserú.

Yo mismo llevo tiempo dándole vueltas al asunto. Las circunstancias permiten explicar muchas cosas. ¿Cómo narrar la historia de B al policía? ¿Con qué palabras policiales habría registrado él en el acta la historia de B, esa historia realmente inenarrable? Allí estaba yo, sentado en un despacho asfixiante. Ardían las gélidas bombillas; frente a mí tenía una mirada indiferente y oficial, con gafas, pelo incoloro, ojos incoloros; cuando entré, me dio la mano húmeda. ¿En qué lenguaje podía contarle la historia de B? ¿Objetivo? ¿Dramático? ¿Protocolario, por así decirlo?

Fue un instante terrible, pues comprendí que B convivió con esta historia mientras vivió, y ahora creo haber comprendido lo que significaba convivir con ella. Allí, en ese despacho donde, según mi sensación, se concentraba toda la indiferencia del mundo, allí, digo, comprendí que todas las historias habían llegado a su fin, que las historias de todos nosotros eran inenarrables y que él, B, fue el único en sacar las conclusiones necesarias, a su modo, es decir, como solía hacer siempre, esto es, radicalmente.

Por eso tuve que buscar su novela desaparecida. Porque la novela contenía, probablemente, todo cuanto yo debía saber, todo cuanto aún se podía saber.

Sólo por nuestras historias podemos saber que nuestras historias han llegado a su fin; de lo contrario viviríamos como si aún diéramos continuidad a algo (a nuestras historias, por ejemplo), es decir, viviríamos en el error.

B al menos tenía una historia, aunque fuese una historia inenarrable e incomprensible.

Yo no llego ni a eso. Yo debo contar la historia de B para ver mi vida como una historia (¿y quién no desea conocer su historia que luego, para tranquilizarse —o, a la inversa, para inquietarse—, llamará destino?).

Intentaré resumir brevemente al menos el comienzo de su historia —o sea, la de B—, su origen, por así decirlo, es decir, todo cuanto es preciso saber sobre el tatuaje y cuanto no expliqué al policía —ni a nadie— porque lo percibía como algo inenarrable.

Y lo es, en efecto.

Quizá pudiera narrarla con más facilidad si volviera a la situación inicial, a las estúpidas preguntas y a las aún más estúpidas respuestas con que nosotros, hombres que de pronto nos habíamos quedado sin historia tras la desaparición de B, tratábamos de interpretar esta historia.

En resumen: estábamos sentados en el despacho de redacción, cuatro personas que, con todo, algo teníamos que ver con B y su historia, cuatro personas que —con la excepción del doctor Obláth, hombre objetivo que, a modo de verdadero filósofo, creó para sí su propia historia de profesor de Filosofía, neutra y susceptible de continuar, de seguir, como quien dice, hasta el final de los tiempos—, cuatro personas, digo, que no sólo fueron absorbidas por la historia de B sino también destruidas, en mayor o menor medida, por ella.

En un principio, los había convocado a la editorial porque había pedido a cada uno un estudio, algo así como un breve prólogo para el volumen que recopilaba el legado de B y confiaba en poder entregarles el contrato ya redactado y quizá incluso un talón con un discreto anticipo. Por entonces no podía saber todavía lo que supe esa misma mañana en la llamada reunión del comité editorial: que nuestra triste empresa trabajaba con pérdidas y que era, por tanto, preferible no presentar mi propuesta relativa a la publicación del legado de B.

Me pido perdón a mí mismo por tener que describir todas estas nimiedades; sólo ahora me doy cuenta de lo difícil que debe resultarles a mis clientes, los supuestos (o tal vez verdaderos) escritores, luchar con la materia pura y dura, con la realidad objetiva, con todo este mundo fenoménico, en su intento por llegar a la esencia que se vislumbra detrás..., si es que tal cosa existe. En general, solemos partir de la hipótesis de que existe, pues no nos conformamos con la insustancialidad: aunque, mucho me temo, ésta es la situación real, el estado del ser, como diría el doctor Obláth, ese entrañable estúpido.

Allí estábamos, pues, sentados y callados, pues todos conocíamos la inenarrable historia de B.

Si mal no recuerdo, fui yo quien interrumpió el silencio:

—Vaya imbéciles, se dan cuenta del tatuaje pero olvidan mirar la fecha y el lugar de nacimiento.

El bueno de Kürti, quien ese día —y con razón— no estaba precisamente de buen humor, apuntó que, si realmente creía que no habían mirado esos datos, el imbécil era yo; por otra parte, también las autoridades eran imbéciles, claro, pero a la manera de las autoridades, como quien dice, por cuanto no ven relación alguna entre los dos hechos o, mejor dicho, por cuanto ni siquiera piensan en la posibilidad de un nexo.

Para volver, a pesar de todo, a nuestro asunto, he de señalar que B nació el último mes de 1944 en Oświęcim o, para ser totalmente preciso, en uno de los barracones de Birkenau del campo de concentración que se conoce por el nombre de Auschwitz.

Observó Obláth que consideraba imaginable que la policía desconociera la identidad entre las localidades de Auschwitz y Oświęcim. Todos asentimos entonces y trajimos a colación la incultura, la estupidez, la barbarie y la maldad aniquiladoras que se extendían como una epidemia por el país, eso sí, con la aquiescencia de las autoridades, pero lo hicimos con apatía y como de pasada, como quien ha abandonado hace tiempo la intención de mejorar o reformar de algún modo la cosa pública. De no haber sido así, el tatuaje visible en el muslo tampoco habría resultado tal enigma: porque habrían sabido que los pocos bebés nacidos en la historia de Auschwitz llevaban tatuado en el muslo el número de prisionero, que no se podía escribir en sus brazos por una simple cuestión de espacio, puesto que los brazos de los bebés eran demasiado cortos.

B, a quien —dicho sea con suavidad— no le gustaba hablar de las circunstancias de su nacimiento, me contó a pesar de todo, después de que lo pusiera unas cuantas veces entre la espada y la pared, que había recibido la letra B y el número de cuatro cifras por el hecho de que su madre había sido registrada en los archivos del barracón hospital como prisionera política eslovaca; por él me enteré asimismo de que, según sabía, dijo, solían tatuar la letra A y un número de cinco o seis cifras en los antebrazos de los prisioneros húngaros y que, entre los prisioneros judíos húngaros, la posibilidad de supervivencia de un muslo —es decir, de un bebé— era en la práctica casi nula (así dijo, exactamente).

A decir verdad, sólo pude extraerle algunos detalles sobre los hechos que permitieron su supervivencia. Es posible que él tampoco supiera mucho más. Ni siquiera intuyo si conoció a su madre y a su padre: aunque los conociera, jamás habló de ellos. Tampoco dispongo de datos sobre su infancia: sé, como mucho, que huyó de un orfanato. Sólo me enteré de que tenía otro nombre cuando redacté sus contratos de traducción en la editorial. Odiaba el nombre que había recibido de sus padres, como odiaba a sus padres y a todos cuantos habían causado su existencia, dijo en una ocasión. Registré la frase. Resulta interesante que pergeñara unos apuntes sobre ella. O tal vez ni siquiera sea tan interesante.

Después de reconstruir los datos que, finalmente, recogí de él y de otros, se perfila más o menos la siguiente historia. En la selección, el médico encargado no se da cuenta de que la mujer (la madre de B) está embarazada de cuatro meses (lo cual es imaginable), o el embarazo no se le nota a la mujer (lo cual también es imaginable), o quizá se le ve un poco el embarazo pero nos hallamos ante un médico seleccionador benévolo (lo cual, en última instancia, también es imaginable). Los verdaderos problemas empiezan, sin embargo, al cabo de un mes más o menos, cuando el cuerpo de la madre de B se reduce de día en día mientras que su vientre se manifiesta cada vez más. Por último se decide a actuar, aun sabiendo, probablemente, que se juega la vida: utilizando algún pretexto (por ejemplo, los llamados flemones, unos abscesos en las piernas que se consideraban una patología cotidiana en los campos de concentración) se inscribe en la lista para ingresar en el barracón hospital. Puede significar una muerte segura: muchas veces se procedía a una selección entre los solicitantes a ingresar en el barracón hospital. Esta vez no se procedió a la selección, según mi hipótesis (pues si hubieran procedido, la mujer no habría entrado en el barracón hospital, y lo cierto es que entró). Lo demás puede rastrearse con precisión. La *blokova* (comandante) del barracón era una prisionera polaca. La madre de B, oriunda de una región húngaro-eslovaca, podía entenderse perfectamente con la *blokova* polaca; ésta es la condición previa de todo. Al cabo de unos días, la madre de B le confiesa su secreto (que, además, resulta evidente). La *blokova*, agitada quizá por la idea de ayudar a traer a un niño al mundo en un campo de exterminio y poseedora, además, de amplios e importantes contactos con los misteriosos poderes del *Lager* principal, enseguida se pone en acción. El campo ya se está liquidando, el orden se resquebraja: se comunica la muerte de una judía, se resucita, con la ayuda de la administración concentracionaria, a una prisionera política eslovaca muerta hace tiempo... ¿Qué significa eso en Auschwitz, donde basta el gesto de un dedo para borrar vidas? La madre da a luz a su hijo en el barracón hospital, y aunque se lo retiran enseguida, el niño, quién sabe cómo, sobrevive.

—Una historia repugnante —señaló B—, pero no tienes por qué llevarla siempre encima, como la cartera o el documento de identidad. Puedes dejarla en cualquier sitio, olvidarla en el bar, o tirarla en la calle como un paquete molesto que te ha entregado un extraño. De hecho, pensándolo bien, las llamadas circunstancias normales de un nacimiento tampoco son demasiado edificantes. Quien nace nunca es responsable de haber nacido.

Fui tan estúpido que lo animé a escribir sobre ello.

—No sabes de qué hablas —contestó.

Creo que, en efecto, no lo sabía.

—Ya está bien así —continuó—. Informe y sanguinolento, como una placenta. Si lo escribiera, se convertiría en una historia. Tú, un editor responsable, ¿cómo calificarías una historia así?

Callé.

—Venga —me animó—, suéltalo.

—No lo sé —dije.

—Claro que lo sabes —se enfadó—. Mira: te presento un tema. Trata del nacimiento de un niño en Auschwitz, en el que colaboran una serie de personas, todas honestas. Los *kapos* dejan los palos y látigos y alzan conmovidos al bebé que no cesa de llorar. Al sargento de las SS le asoman lágrimas a los ojos.

—Bueno, si lo dices así, claro...

—¿A ver? —me animó—. ¿A ver?

—Bueno... es kitsch —dije—. Pero también se puede escribir de otra manera —me apresuré a añadir.

—No se puede. Kitsch es kitsch.

—Pero ocurrió —protesté.

He allí el problema, me explicó. Ocurrió y, sin embargo, no es verdad. Es una excepción. Una anécdota. Un grano de arena se introduce en la maquinaria trituradora de cadáveres. ¿A quién interesa —preguntó— esa avería única e irregular que es su vida, una excepción debida a las notabilidades del campo de exterminio? ¿Y qué lugar ocuparía la excepcional e inexistente historia del éxito de un tal B en la Gran Historia General?

Por aquel entonces, cuando empezamos a conocernos, aún no entendía del todo de qué me hablaba. Es posible que hoy tampoco lo entienda. Sin embargo, en la ciudad gélida y gris, sumida en el aburrimiento y la estúpida resignación, esas conversaciones comenzaron a fascinarme, como si reconociera en ellas algún sueño mío, lejano y carente de imágenes.

Se plantea aquí una pregunta. ¿Cómo puede uno ser persa? —inquirió un filósofo francés—. ¿Cómo puede uno ser editor, encargado de dirigir una colección, de revisar originales y traducciones? —pregunto yo—. O, cuando menos, ¿cómo llega a ser alguien editor? Digamos que uno nace pintor o músico o escritor, pero ¿editor? Para eso se necesita, probablemente, una deformación especial, y para entenderla debería remontarme a otros tiempos. Debería contar mi carrera, esto es, la historia de mi completa decadencia, la historia de la decadencia de mi familia (la familia Kesselbach, que, según cuentan, inmigró de Suiza), de mi clase social, de mi entorno, de mi ciudad, de mi país, de todo el mundo. Editor incorregible, en cuya cabeza bullen las frases esparcidas de la literatura universal, enseguida se me ocurre un libro, un posible comienzo: *En verdad no quiero dar ningún protagonismo a mi persona al narrar la inolvidable historia de B... o ¿vida de B?... o quizá ¿historia de la vida de B?*

¿Cómo llegué a ese libro que, como poco a poco se verá, tuvo una influencia tan funesta sobre mi mundo —ridículo, sin duda— de la imaginación? No existía la literatura en mi familia. Ni nada de arte. Me crié entre gente sobria, formada por guerras y diversas dictaduras... ¿Para qué? Formularía con más precisión si dijera que me crié entre gente sobria cuya alma, carácter y personalidad fueron liquidados por las guerras y diversas dictaduras. Tal como he mencionado, la familia es de origen suizo y, según cuentan, arraigó en Transilvania en el siglo XVI o XVII, en el curso de las idas y venidas del comercio con ganado vacuno que se practicaba sin mayores perturbaciones en plena ocupación turca y a despecho de otras vicisitudes...

Mejor dejémoslo. Bastarán algunas referencias. El abuelo liquidó el apellido Kesselbach durante la Primera Guerra Mundial. Como el pobre acababa de perder en el frente a su hijo mayor, el favorito, y como era recomendable y, además, práctico mantener la letra inicial del apellido (aunque resulte increíble, la gente llevaba ropa interior con su monograma en esos tiempos), eligió el nombre de Keserű, o sea, "amargo", porque vivía en la amargura. Durante la Segunda Guerra Mundial, mi padre se trasladó de Transilvania a Budapest por temor a la venganza de los... (da igual qué ponga en lugar de los puntos suspensivos, si rumanos, rusos, comunistas, judíos, nazis, legitimistas o socialistas). Como "refugiada de Transilvania", que así la denominaban, la familia fue instalada en un piso que pertenecía a unos judíos y que había sido saqueado y vaciado hacía poco. Inmediatamente después de la batalla de Budapest, mi padre ponderó la posibilidad de proseguir la huida, puesto que había de temer la venganza de los legítimos propietarios de la vivienda. Los propietarios, sin embargo, no se presentaron, lo cual permitía colegir que, por fortuna, habían sido exterminados. Mi padre hacía hincapié en esta formulación. Más tarde, cuando era niño, yo mismo también le oí usarla.

—Nunca emborronéis la verdad —adoctrinaba a la familia—. No aceptéis las palabras prefabricadas y baratas. Guardemos al menos nuestra valentía, que eso no se puede nacionalizar. Arrostremos los hechos: podemos vivir aquí, podemos contar con una vivienda puesto que, por fortuna, exterminaron a sus legítimos propietarios. De lo contrario no tendríamos dónde vivir. Pues sí..., así es la fortuna húngara —añadió Keserű sénior, *nomen est omen,* con amargura.

Yo quería a mi padre. Tenía una cara hermosa, gris, apesadumbrada y unos ojos hermosos, grises, apesadumbrados. A veces se hablaba en casa de la vida de antaño, de más estilo, pero cuando conocí a mi padre, ya era el llamado consultor jurídico de una llamada empresa estatal. "Holganza espiritual", así definía él, con mueca ligera y gesto ínfimo de la mano, su inaceptable actividad que él, sin embargo, aceptaba puesto que la ejercía día a día. No viví el destino supuestamente obligado de los hijos: la rebelión contra el padre. No había ni quién ni qué para rebelarme en su contra: mi dinamismo rebelde se habría hecho añicos en el acto al chocar contra la resistencia inexistente, hace tiempo agotada, de mi padre.

¿Por qué apunto todo esto? No lo sé, puesto que no tuvo ninguna consecuencia. En el mundo que me fue dado, las consecuencias no siempre procedían de causas, y las causas no siempre servían de puntos de partida claramente fundados. Así pues, la lógica que trataba de acceder a las causas por la vía de analizar las consecuencias era una lógica errónea en este mundo. En mi opinión, el mundo que me fue dado carecía de toda lógica.

Lo cierto es que a mis diecinueve o veinte años —corrían entonces los principios de los sesenta— un libro fue a parar a mis manos. Si no me equivoco, ya he mencionado la existencia de este libro cuyo título y autor no nombraré, puesto que los nombres y las ideas asociadas a ellos significan algo distinto para cada uno y cada época. Supe de la existencia de este libro a través de otros libros, así como el astrónomo deduce la existencia de un cuerpo celeste desconocido por el movimiento de otros planetas; por aquel entonces, en la época de las causas ininteligibles, el libro no se podía conseguir por causas, precisamente, ininteligibles. Me afanaba entonces, justamente, por mis años universitarios, no tenía mucho dinero, pero invertí lo poco que poseía en mi empresa: puse en marcha a libreros de viejo y renuncié a mis almuerzos para hacerme con una edición antigua. Leí luego aquel grueso volumen en el banco de un paseo, pues despuntaba la primavera y en mi habitación de realquiler reinaba una eterna y deprimente penumbra. Aún recuerdo las aventuras de la imaginación que viví cuando leí en el libro que se revocaba la *Novena Sinfonía*. Me sentía un elegido, iniciado en un secreto guardado para unos pocos, alguien a quien han despertado de sopetón para desvelarle, a la luz deslumbrante de una sentencia, el estado insalvable del mundo.

Aun así, no creo que este libro me llevara a mi funesto camino. Lo leí, y se durmió poco a poco en mi interior, como otros, bajo las gruesas y blandas capas de mis lecturas posteriores. Un sinnúmero de libros duerme en mi interior, buenos y malos, de todos los géneros. Frases, palabras, párrafos y versos, que, tal infatigables realquilados, resucitan de forma inesperada, vagan en solitario por mi cabeza y a veces se ponen a badajear allí a voz en cuello, sin que yo atine a callarlos. Enfermedad profesional. Editando las mundialmente célebres memorias de un mundialmente célebre director de orquesta, topé por azar con una frase que supongo cierta: se quejaba el director de que, de resultas de los intensos ensayos, padecía insomnio crónico, puesto que era incapaz de controlar el estruendo de la orquesta que sonaba sin cesar en su cabeza.

No, no, no se llega a editor por error. Sea como fuere, la literatura es la trampa en la que uno cae. O, para ser exacto, la lectura. La lectura como droga que difumina agradablemente los perfiles implacables de la vida que nos domina. Tal vez empezó en algún momento en la universidad. Con las amistades universitarias, las grandes, profundas y absurdas conversaciones que se extendían hasta altas horas de la noche. Un amigo publica de repente un poema. Antes, te lo ha dado a leer por algún azar, y sueltas una frase profunda sobre un par de rimas. Luego se acostumbran a pedirte regularmente tu opinión. Pasas por los pasillos con aire presumido, apretando manuscritos de otros bajo el brazo. Desarrollas cierta quisquillosidad, cierta higiene lingüística, que los otros toman por un buen gusto infalible. Se rumorea que "sabes de literatura" y tú mismo acabas creyéndotelo. Te conviertes en redactor de la revista universitaria. Aprendes a moverte por el mundo de la censura sin perder el equilibrio, y tú, desdichado, lo tomas entonces por un juego divertido. A veces te dan palmadas en el hombro por tu "valentía". Más tarde asumes el ligero cinismo reinante en las editoriales, y te complaces en ello. Por aquellas fechas aún existía el olor a imprenta y se daba algún escritor anciano que entregaba escritas a mano sus obras que luego se publicaban por clemencia estatal.

Pero ¿de qué estoy hablando? Acabaré contando anécdotas. Ahora comprendo lo difícil que es mantener una estructura clara, desarrollar sutilmente los motivos y desplegar un estilo consecuente, que es lo que distingue al verdadero escritor de los diletantes como yo. Debo seguir la pista de la pasión —la única y verdadera gran pasión de mi vida, confieso—, que con el tiempo degeneró en obsesión y cuyo objeto era, naturalmente, un libro, en este caso un libro ausente, la novela desaparecida de B. ¿Era? Hasta podría aparecer hoy mismo, pero no lo creo. Ahora bien, ¿por qué la tomo por un hecho indiscutible, por qué pienso que B escribió esta novela, a pesar de que nunca nadie vio el manuscrito y todo el mundo niega su existencia? Lo cierto es que estoy convencido de que la escribió. No pudo haberse ido sin escribirla, porque era un escritor, un verdadero escritor, y los escritores concluyen sus obras, consistan ellas en miles de páginas o en pocas líneas. Un gran escritor no deja una obra inacabada: mi carrera me ha servido para aprender al menos esto. Para mí, sería vital poder leerla, porque de este modo sabría por qué murió y quizás incluso si me es lícito seguir viviendo, por así decirlo, una vez que él ha muerto.

Me pregunto cuándo empezó a transformarse nuestra amistad en algo así como dependencia —en mi dependencia, claro está, pues Bé era independiente, era como un carámbano (también en el aspecto de la fragilidad y transitoriedad implícitas en la palabra, como veo ahora, a posteriori)— hasta que un buen día me vi implicado en su historia que, desde entonces, ya no puedo separar de la mía. Creo que todo empezó con aquella conversación que mantuvimos en el último rincón de un penumbroso bar, poco después de mi puesta en libertad. La verdad es, desde luego, que no fue del todo inocente en el hecho de mi detención; ni que decir tiene que me refiero tan sólo al aspecto abstracto, única y exclusivamente a la influencia espiritual que ejerció sobre mí desde el primer instante. Pensándolo bien, ocurrió algo más: tácitamente se despertó aquel libro que dormía en mí. Mi trabajo de editor nunca me satisfizo del todo, ni siquiera en tiempos de éxito, cuando, por ejemplo, conseguía imponer a la censura o a la siempre acechante estupidez algún libro que me entusiasmaba o alguno cuya publicación consideraba simplemente importante. Por lo visto, junto con el libro dormitaba en mi interior una figura (y quizá también otra, complementaria, pero mejor será dejarla de lado) que de pronto cobró vida al aparecer B, como Lohengrin que estaba latente en Elsa. Mucho me temo, sin embargo, que, de seguir así, vaya a parar a terrenos movedizos. Sea como fuere, faltaba en mi vida ese artista por el que uno, en el fondo, inicia la carrera de editor. El poeta maldito... Vaya, acabo de decirlo, por muy pueril que suene.

No es culpa mía, pero lo cierto es que todo el mundo tiene algo llamado ideal, aunque no resulte conveniente mencionarlo y todos lo nieguen. Vi a un hombre que vivía según sus propias leyes. Pasó el tiempo, y de pronto descubrí que parasitaba de sus palabras. Que me ajustaba a él, que necesitaba saber qué pensaba, qué hacía, en qué trabajaba. ¿Suena muy estúpido? Así somos, sin embargo, los hombres un tanto secundarios: nos alimentamos de vidas más fuertes que las nuestras, como si nos correspondiera un bocado de ellas. Por aquel entonces me hallaba yo en una grave crisis, moral y de otra índole —para ser breve, mi vida, ya ruinosa, parecía venirse abajo del todo—, y en mi desamparo estaba dispuesto a aceptar cualquier influencia. Eran días oscuros, el invierno reinaba en la ciudad y también en mi corazón. Pensaba seriamente en la posibilidad de quitarme de en medio. Simplemente me había abandonado la facultad de revestir mi existencia con la idea de una vida llena de sentido. Consideraba que me costaba demasiados ajetreos en comparación con las pocas alegrías que podía proporcionarme. Fue entonces cuando conocí la opinión de Bé sobre el suicidio, una opinión sorprendente y original, diametralmente opuesta al acto que, al final, cometió.

Noto, sin embargo, que ya resulta difícil seguirme. Tal vez debería retomar una cronología: contar, por ejemplo, cómo conocí a Bé. A decir verdad, no lo recuerdo. Todo el mundo conocía a Bé en la editorial. Por aquel entonces, trabajaba yo en la sección dedicada a la literatura húngara y no tenía nada que ver oficialmente con B, quien acudía a los editores que se ocupaban de las literaturas de lengua extranjera, pues traducía del francés, del inglés y del alemán, siempre magníficamente. Aun así, me llamó la atención: se trataba de una persona llamativa, alegre, agradable, divertida y sumamente ingeniosa, que era el uniforme que se ponía todas las mañanas. Yo no lo sabía por aquel entonces. Sea como fuere, me repugnaba un poco. En la cafetería, asilo socialista de pasteles del día anterior, bocadillos sospechosos y cafés aguados, donde todo el mundo se presentaba de cuando en cuando en busca de algún refugio o de un consuelo momentáneo, una vez entablamos finalmente una conversación. Resulta que la editorial tenía una suerte de anexo, una revista mensual bastante popular; uno de sus redactores era yo. De ahí que siempre adoleciera de una falta permanente de manuscritos. Así pues, acompañado por un pastel del día anterior y de una naranjada artificial, pregunté a B si, además de traducir, escribía y si, de ser afirmativa la respuesta, podíamos contar con un original suyo para la revista. Entonces vi por primera vez su verdadero rostro. Cuando quería, tenía una mirada desagradable. "¿Tú quién eres?", preguntó. Le respondí que trabajaba allí y que creía que nos conocíamos. "No me refiero a eso", dijo. Se quedó un rato escrutándome con expresión severa. "¿Te gustan las cosas arriesgadas?", preguntó. "Depende de la calidad", contesté, convencido de que fanfarroneaba. Fue una conversación tremendamente estúpida.

Al cabo de unas semanas puso sobre mi mesa un manuscrito, al que eché un vistazo una vez que se marchó. Lo cierto es que el tema tenía una pinta prometedora. Así que lo leí ahí mismo. En ese relato, considerado una obra fundamental —eso sí, en un círculo bastante estrecho—, B desarrollaba por vez primera su idea básica de que el principio de la vida era el

Mal. El relato en sí, sin embargo, narraba la historia de un acto ético, es decir, el acaecimiento del Bien. Explicaba, concretamente, que se puede obrar el Bien en la vida, cuyo principio es el Mal, aunque sea a costa de sacrificar la vida de quien lo hace. Era una tesis audaz, como también lo era la prosa que la formulaba. Además, todo transcurría ante la escenografía de un campo de concentración nazi.

—Cínico —dijo mi jefe y director, al que recomendé el relato de Bé como la "obra más importante que había caído en mis manos en los últimos años". Para este hombre, el más cínico de cuantos he conocido (pues ¿no hay que ser bastante cínico para ocupar el puesto de director de una editorial estatal, teniendo en cuenta, sobre todo, de qué Estado se trata?), para este hombre, digo, la palabra "cínico" era el argumento de mayor peso en el depósito de accesorios del rechazo. Al final, el relato salió en una publicación insignificante (o, mejor dicho, reducida a la insignificancia por el Estado) que se editaba semestralmente, con un número de ejemplares limitado, y a la que yo había llevado la obra. "¿Vale la pena el esfuerzo?", preguntó Bé torciendo el gesto. "Pues sí", le respondí. No obstante, sentí que algo me ocurría, como si todo ese proceso, y también el relato, hubieran hecho estallar en mí un explosivo que quizá llevaba tiempo esperando.

Aun así, no diría que emprendí abiertamente el camino de la rebelión, pues nunca había sido yo un espíritu rebelde; sólo aumentó mi asco. Sí, el asco se encargó del resto. Quien no ha vivido en el mundo de las causas ininteligibles, quien no se ha despertado nunca con el sabor de este asco en la boca, quien no ha sentido nunca cómo se extiende por su organismo y lo domina, por último, esta epidemia de la impotencia universal, no sabe de qué estoy hablando. Simplemente me puse en marcha por un camino... No, algo se puso simplemente en marcha, conmigo en su interior, algo que ya no pude frenar, como un tren que se desliza por la vía equivocada. Recuerdo una sofocante tarde de verano, que tuve que pasar tragándome un manuscrito. Se trataba de una llamada novela, el nombre del autor ocupaba el tercer o cuarto puesto en la nomenclatura, es decir, un lugar bastante privilegiado. En esos casos, el manuscrito debía hacer formalmente el recorrido de siempre, y el editor que lo recibía para dar su opinión ya sabía lo que debía hacer, por así decirlo. Se trataba de un asunto urgente, en general, el libro debía publicarse, normalmente, fuera de colección. Sin duda pensé algo sobre la literatura, el honor del editor, el sentido de mi profesión, mi familia —ya tenía mujer e hijo—, pero no fue eso lo esencial; por un repentino impulso de mi circulación sanguínea me di cuenta de que el tren se había puesto en marcha, conmigo en su interior. Escribí que el lenguaje de la obra era horroroso; la estructura, banal; la historia, carente de interés... Y que no recomendaba su publicación. Hubo que reiniciar el recorrido, hasta que otros dos editores entregaron la esperada recomendación; mientras, el autor denunció a la editorial por la pérdida de tiempo, movilizó a sus partidarios en las "altas esferas", y yo fui a parar a un estrato inferior de la humanidad, entre aquellos en los que no se puede confiar.

No tiene sentido narrar las estaciones de mi calvario, como quien dice, actividad esta que hoy en día ha degenerado en uno de los entretenimientos preferidos —y bien remunerados— de los intelectuales. No debo olvidar que quiero contar la historia de B (aunque sea para salvar así la mía). Mi situación, además, no era ni extraordinaria ni particularmente peligrosa teniendo en cuenta las circunstancias reinantes. Al final, me detuvieron por agitar contra el Estado y colaborar en la fabricación y divulgación de revistas ilegales, aunque renunciaron luego a presentar una acusación formal y me soltaron al cabo de diez días de prisión preventiva. Después me enteré de que, precisamente por esas fechas, se estaban llevando a cabo negociaciones entre bambalinas para recibir un importante crédito estatal y que una de las condiciones de la garantía internacional era la puesta en libertad de los prisioneros políticos.

Yo, el prisionero político. De risa. "Si eres revolucionario, no deberías haber fundado una familia", me reprendió mi esposa. El malentendido era completo, como en una farsa barata. ¿Cómo explicarle que hice lo que hice por puro juego, por asco, aburrimiento y honradez intelectual? ¿Cómo desvalorizar mi heroica empresa, que inflada al menos parecía defendible? ¿Cómo admitir que no me habían guiado ni la convicción ni la esperanza, sino que simplemente quería romper la monotonía del funcionamiento administrativo, como quien dice, para tener alguna noticia de mi existencia? En verdad que todo fue una broma inocente, algo así como una *action gratuite,* que diría André Gide. De hecho, sólo se la toman en serio las sociedades carentes de humor como una dictadura cuyo único principio básico es la visión policial del mundo. Así pues, callé, con una sonrisa arrogante en el rostro rígido, como quien no puede compartir sus inquebrantables razones con quienes se muestran indignos de ellas.

Al decir que la situación era estúpida, no toco su verdadera miseria. Pagué un precio desmesurado por mis moderados delitos. Me dejó mi mujer, y perdí a mi hijo, mi empleo y mi vivienda. Por aquel entonces, lo resumí diciendo que mi vida se había venido abajo; aun así, recuerdo la indiferencia, pasmosa incluso para mí mismo, con que escuché los reproches de mi mujer, plenamente justificados, por cierto; la indiferencia no podía deberse tan sólo a la experiencia de diez días en la cárcel. ¿Sería extraño si dijera que sentí algo así como alivio en pleno derrumbamiento? De repente pasé del matrimonio a la verdad, y la sensación de aventura se adueñó de mí como si me hallara en el umbral de un nuevo comienzo. Si no la entendí mal, mi mujer me odió sobre todo por el registro de nuestro domicilio; con razón, y yo no tenía nada que objetarle. Tres hombres, contó ella, ocuparon la casa, rebuscaron en los cajones, hurgaron en los armarios y movieron los muebles. La pobre no tenía ni la menor idea de lo que trataban de encontrar. Uno de los hombres la empujó, el otro le apretó el pecho "por casualidad", pero lo suficiente para que aparecieran allí dos moratones, mientras nuestro hijito de dos años de edad chillaba a voz en cuello. Recuerdo perfectamente que mientras escuchaba a mi mujer, me quedé contemplando su labio superior, ese labio de arco melodioso, un tanto corto, del que me había enamorado hacía unos años, pensé qué absurdo era el amor y concluí que toda la frágil vida del ser humano se fundaba sobre algo tan absurdo. Un buen día nos despertamos junto a un extraño en un dormitorio extraño, pensé, y ya no volvemos a reencontrarnos con nosotros mismos: el azar, el deseo de placer y el capricho del momento determinan nuestras inconcebibles vidas, pensé.

Desde entonces, por cierto, nuestro hijo ha crecido, y su ambiciosa madre lo ha encauzado hacia un futuro en el campo de la informática; en nuestros cada vez más escasos encuentros compruebo apesadumbrado que no tengo mucho que decir a este experto en informática, al que quizá espera un futuro extraordinario; si no me equivoco, mi hijo también se comporta con cierta reserva ante un padre que lleva la vida de un intelectual ya superfluo a estas alturas y que trabaja de editor en una ciudad que poco a poco ya ni siquiera necesita la literatura y menos aún a un editor...

Seguro que no ocurrió de forma deliberada, pero en los días siguientes, breves y oscuros, a los que me precipité como si al salir por la puerta de nuestra casa hubiera caído en la zanja de una obra, tomé conciencia de pronto de que me habían puesto en libertad el día de Navidad. Fue penoso. No podía hacer nada. Iba y venía, me encontraba con éste y aquél: no sabría decir nada más preciso. Alguien me comunicó que se celebraría una "gran fiesta" de Nochevieja. Y que alguien quería hablar conmigo. Quería ayudarme a recuperar mi empleo. Recibí la dirección a través de Kürti, quien conocía a Fenyvessy, quien conocía a Halász, quien a su vez conocía al legendario Bornfeld, de quien de vez en cuando se publicaba algún artículo en *The New York Times,* en *Le Mon-*

de, en el *Frankfurter Allgemeine Zeitung.* Bornfeld se hallaba precisamente en Estados Unidos, dijo alguien. Jamás me habían invitado a una reunión de esa índole; supongo que se debía a mi detención el hecho de adquirir, por lo visto, cierto renombre en aquellos círculos tan distinguidos.

Era una noche de Año Nuevo envuelta en la neblina, la ciudad estaba desierta y atestada de gente a la vez: los rostros y las formas surgían de repente de la penumbra, imprevisibles e inevitables como el destino. Caras bobas y sonrientes me rondaban, ensombrecidas por gorros o sombreros horrendos; los coches que pasaban junto a la acera rociaban a los transeúntes con el agua negra y gélida de los charcos. De vez en cuando alguien hacía sonar junto a mi oído una enorme trompeta de papel adornada con flecos, cuyo estruendo me llenaba de malos presentimientos como si viera la pesadilla de la resurrección, y entonces estallaban también petardos echando chispas a mis pies. Tenía que llegar a una dirección en el centro, a una dirección conspirativa, por así decirlo, donde una serie de intelectuales de la misma laya celebraban la oposición polaca, la última edición de *samisdat* y el año nuevo que llegaba.

Quién sabe cómo, B se convirtió en el centro de la reunión esa Nochevieja, cosa que él no podía querer. ¿O lo quería tal vez? ¿Cómo fue a parar allí? ¿Qué buscaba allí, entre creyentes desesperados, positivistas intrépidos y reformistas eternamente condenados al fracaso? ¿Cómo fue a parar a ese círculo, él, que se abstenía de actuar, se sonreía de las esperanzas, no creía, no negaba, no deseaba cambiar nada ni deseaba aprobar nada? Nunca se supo. La penumbra reinaba también en la casa, en la que, de hecho, no logré orientarme. Enormes habitaciones, que daban la una a la otra y que no se podían abarcar con la vista por la multitud que las abarrotaba; techos altos, paredes sucias carcomidas por el humo del tabaco; en todas partes gente que comía, bebía, se sentaba en el suelo, en los sofás, se sentaba (o se tumbaba) en todos los lugares imaginables. No había ni huella de un dueño o dueña de la casa, de alguien que ejerciera de anfitrión; la noche estaba organizada, por lo visto, a modo de un picnic; todos traían algo, alguien se encargaba de los paquetes y colocaba la enorme cantidad de bebida y la escasa comida en las mesas, y cuando tocaban el timbre, algún invitado abría la puerta. El propietario del piso seguía siendo aquella persona para todos desconocida cuyo nombre figuraba en el letrero de la puerta y que quizá ni siquiera existía. Recuerdo una habitación casi desierta cuyo suelo estaba cubierto por una alfombra llamativa, sedosa, color azul verdoso, que daba la impresión de mecerse. Recuerdo también perfectamente que, como es lógico, bebí mucho aquella noche (buenos motivos tenía para ello) y apenas pude se-

guir las reglas del extraño juego que un pequeño grupo —entre ellos Kürti y también B— jugaba en una de las mesas, eso sí, en voz cada
vez más alta, más apasionada.

Lo aclaramos mucho más tarde, después
de la muerte de B, concretamente aquella mañana en la editorial.

—Te refieres al póquer de los campos
—me informó Obláth—. Es un juego senci-
llo, con reglas sencillas. Los jugadores rodean
la mesa, y cada uno dice dónde estuvo. Sólo el
nombre del lugar, nada más. Así establecíamos
el valor de las fichas. Si mal no recuerdo, dos
Kistarcsa equivalían a una Fő utca... Un Maut-
hausen valía un Recsk y medio...

—Vamos a ver, esto es discutible —in-
tervino, animándose, Kürti—. Hasta el día de
hoy no sabría decidirlo de verdad.

Sára:

—Era un juego cínico.

—¿Por qué habría de ser cínico? —sal-
tó Kürti—. Dinero no teníamos. Así que teníamos que jugar con los valores que nos había
proporcionado la vida.

—Si mal no recuerdo, B abandonó la
partida, ¿no? —pregunté.

—Así es —sonrió Obláth—. No quería
engañar a nadie. Tenía la sensación de llevar
de entrada el póquer en el bolsillo.

—Auschwitz —asintió Kürti—. Imba-
tible.

Recuerdo luego una discusión sobre un libro muy de moda por aquellas fechas y, concretamente, sobre una frase suya que también se puso de moda, según la cual "Auschwitz no tiene explicación". De la discusión surgió poco a poco la voz de B, como cuando el instrumento solista emerge de la orquesta, y durante largo rato sólo reinó esa voz nerviosa, atropellada, apasionada, tanto que a veces se quedaba sin aliento. ¡Ojalá no hubiera estado yo tan borracho! Aun así, alguna de sus frases lúcidas y características llegó hasta mí, pero fuera de contexto, y lo olvidé todo. Y también he de recordar, claro, un rostro, el rostro de una mujer joven, y sobre todo la mirada, que se aferraba a Bé mientras hablaba y daba la impresión de querer alumbrar en él una fuente. Antes, la vi acercarse, atravesando aquella alfombra tupida de color azul verdoso como si fuese el mar; de puntillas llegó a la mesa y se sentó sin decir palabra. Era Judit, la futura esposa de Bé.

Luego, hacia la madrugada, "hablaron conmigo". No conocía al tipo. Me recomendó que después de Año Nuevo entrara en la editorial como si nada. Seguí su consejo. Tras algunos momentos desagradables —durante un tiempo vegeté como un llamado "externo"—, me readmitieron como editor en "clásicos extranjeros" y otras colecciones. Al fin y al cabo, no tenía antecedentes penales. Así volví a encontrarme con Bé, quien me trajo la traducción de una novela francesa de cuya edición yo me encargaba. No me dio mucho trabajo; apenas tuve que tocar la traducción. Al poco, me di cuenta de pronto de que me estaba sincerando con él: tenía un problema grave, le dije, pues después de lo ocurrido no sabía qué debía a quién, y en cierto sentido me temía a mí mismo pues había vivido una experiencia embarazosa en la cárcel.

Fuimos al bar de enfrente. Para mi asombro, no sólo le conté todo sin tapujos, sino que me sentó bien contárselo todo sin tapujos. Resulta que en el primer interrogatorio ocurrió algo que había previsto de entrada. Me llevaron a un cuarto, donde un caballero bien trajeado me planteó unas preguntas y sacudió visiblemente la cabeza. Había cometido una estupidez, dijo, pero no suponía un problema grave. Es más, en determinadas circunstancias incluso podían ponerme en libertad en el acto. Yo ya sabía, insisto, el siguiente paso. No niego que me sintiera un poco nervioso y por otra parte, en cambio, completamente tranquilo. Aunque planteó la propuesta de manera sumamente refinada —no conseguiría recordar sus palabras ni aunque mi vida dependiera de ello—, comprendí lo que quería, y me negué sin titubeos y con gesto arrogante a ser un confidente. Discutimos un rato —básicamente vino a decir que no había que entenderlo de un modo tan exagerado, que sólo se trataba de alguna que otra conversación o de pedirme, de vez en cuando, algún resumen escrito, etcétera—. Era tan amable que percibí mi resistencia tozuda y absurda como una estupidez. No sé si ocurrió por casualidad, pero lo cierto es que entonces entró otro tipo que no era tan amable como el primero; es más, al principio ni siquiera se dignó mirarme. Hablaron entre ellos en voz baja, largo rato, y yo, allí de pie, notaba que me abandonaba el valor. Para expresarlo con un eufemismo, nunca en mi vida me había sentido tan solo, tan abandonado. De vez en cuando me echaban un vistazo, ora el uno, ora el otro, y recuerdo con claridad un momento amenazante en el que se me ocurrió la espantosa idea de que mis interrogadores se preguntaban, precisamente, si debían apalearme ellos o llamar a los expertos para que lo hicieran. Por fortuna, no sucedió ni lo uno ni lo otro, pero la vivencia de aquel instante bastó para sacudir fundamentalmente mi autoestima. Tuve que confesarme sin ambages que si me hubieran apaleado o, más aún, si me hubieran planteado la alternativa de ser apaleado o firmar el papel, probablemente habría elegido la firma. No estaba seguro, pero tendía más al sí que al no... Ésa era mi sensación. Es más, estaba convencido de que si firmaba el papel —coaccionado físicamente, claro— sería capaz de justificarlo ante mí mismo igual que la otra opción, la de no firmar, mucho más simpática por supuesto. No resultaba fácil convivir con esta inseguridad, desde luego. Luchaba con dilemas filosóficos en mi celda de aislamiento: no creo mucho en los poderes metafísicos, pero de repente vi tambalearse las categorías éticas. Tuve que tomar conciencia del simple hecho de que el ser humano es, tanto física como moralmente, un ser totalmente entregado; y esto no es fácil de admitir en una sociedad cuya teoría y práctica están determinadas única y exclusivamente por una visión policial del mundo, en una sociedad de la que no hay salida y en la que ninguna explicación resulta satisfactoria, ni siquiera si no soy yo quien plantea estas alternativas, sino la coacción externa, de tal modo que, en el fondo, nada tengo que ver con lo que yo haga o lo que hagan conmigo.

No sé por qué le conté todo esto, pues no esperaba de él ni consejo ni ayuda, y él bien lo sabía. Me escuchó con la cabeza gacha, el brazo apoyado en el respaldo de la silla de al lado, la mano colgada. De vez en cuando asentía con la cabeza. Parecía triste, como si conociera mi caso antes incluso de que se lo contara y hubiera sacado una conclusión hacía ya muchísimo tiempo.

—No se debe ir a parar a una situación así, uno no debe saber quién es —dijo.

Creo que nunca olvidaré aquella conversación. Vivimos en la época de la catástrofe, cada ser humano es portador de la catástrofe, y por eso se necesita un saber vivir muy particular para seguir tirando, dijo. El hombre de la catástrofe carece de destino, carece de cualidades, carece de carácter. Su horrendo entorno social —el Estado, la dictadura, o llámalo como quieras— lo atrae con la fuerza de un remolino vertiginoso, hasta que renuncia a oponer resistencia y el caos brota en él como un géiser hirviente... A partir de ese momento, el caos se convierte en su hogar. Ya no existe para él el regreso a un centro del Yo, a la certeza sólida e irrefutable del Yo: es decir, se ha perdido, en el sentido más estricto y verdadero de la palabra. Este ser sin Yo es la catástrofe, el verdadero Mal, sin ser, por extraño que parezca, él mismo malvado, aunque sea capaz de todas las maldades, dijo Bé. Han vuelto a cobrar vigencia las palabras de la Biblia: resístete a la tentación, cuídate de conocerte a ti mismo, porque de lo contrario estás condenado, dijo.

No sé por qué encontré tanto consuelo en esos pensamientos abstractos e impersonales que ni siquiera pude seguir del todo. Sin embargo, precisamente la generalidad me sentó bien, el hecho de no hurgar en mi asunto, de no analizar mi mundo psíquico; precisamente eso me ayudó a alejarme de mis preocupaciones prácticas, aburridas en sumo grado, que de todos modos no tenían solución y que de todos modos siempre acababan solucionándose, como ocurrió también en esta ocasión. Mi caso se me presentó de pronto como un problema teórico, lo cual resultaba en parte fructífero y en parte me liberaba de mí mismo, que era, justamente, lo que me hacía falta. Se lo dije. Le dije, además, tener la sensación de que nuestra conversación había proyectado de súbito otra luz sobre mis consideraciones —muy serias, por cierto— respecto al suicidio: podría afirmar, afirmé, que de repente se me antojaba superfluo cansarme a mí mismo y a la sociedad con tales ponderaciones. Se rió. Sabía soltar estridentes carcajadas. Echo de menos su risa.

Por lo visto, consideró durante un tiempo la posibilidad de escribir en versos libres la pieza de teatro que apareció luego en el legado. Al estilo de Peter Weiss o de Thomas Bernhard, del que era un consumado traductor. Entre los apuntes para el manuscrito autógrafo quedaron algunos comienzos. Y también pueden encontrarse algunas escenas que finalmente no hallaron cabida en la obra. Los personajes de una de estas escenas se llaman KESERÚ y BÉ, el lugar es "una mesa situada en el rincón de un bar".

BÉ
Es fácil morir
la vida es un gran campo de concentración
instalado por Dios en la Tierra para los hombres
y éstos lo desarrollaron para convertirlo
en campo de exterminio para los hombres
Suicidarse es tanto como
engañar a los vigilantes

huir desertar dejar con un palmo de narices
a quienes se quedan
En este gran *Lager* de la vida
en este mundo miserable
de la vida suspendida hasta nuevo aviso
del ni dentro ni fuera
ni adelante ni atrás
donde envejecemos
sin que el tiempo avance...
aquí aprendí que la rebelión es
QUEDAR CON VIDA
La gran desobediencia
es vivir nuestra vida hasta el final
y es también la gran modestia
que nos debemos
El único instrumento digno del suicidio
es la vida
ser un suicida es tanto
como seguir con vida
volver a empezar todos los días
volver a vivir todos los días
volver a morir todos los días

No sé cómo seguir.

El entierro de B se celebró un día oscuro y desolado de otoño.

No.

He de retornar a la situación básica, como quien dice. Así pues, estábamos sentados los cuatro en la editorial, Sára, Kürti, Obláth y yo. Dije en voz bien alta a Sára que había conseguido el diccionario que me había pedido la semana anterior; enseguida comprendió que quería hablar con ella —pues nunca me había pedido un diccionario— y se levantó en el acto. Mientras rebuscábamos entre los libros en la biblioteca, un poco apartados de los demás, le pregunté en voz baja si conocía el motivo de la inusual irritación de Kürti. ¿Se había enterado de algo? ¿O le había confesado ella todo? No, respondió Sára, no habían hablado de esto en absoluto. De hecho, llevaban bastante tiempo sin hablar de nada. Ella, sin embargo, no estaba dispuesta a esconder su luto. Si Kürti no se había vuelto del todo ciego, ciego a todo y a todos, algo debía sospechar. No creía, sin embargo, que le doliera. No creía que ella pudiese todavía provocarle algún dolor a Kürti. Está simplemente ofendido, dijo Sára; y la ofensa encajaba perfectamente en el orden mundial de ofensas y desilusiones que Kürti se había montado, dijo Sára; más que sentirse dolido, Kürti disfrutaba con ello, eso al menos opinaba ella, Sára. Tanto el mundo como su esposa lo habían dejado plantado; ya no lo ataba ningún tipo de responsabilidad ni al mundo ni a su esposa. Es como un niño, como un adolescente, insistió Sára. Y mientras lo comparaba con un adolescente, no vi que se ablandara o que su rostro adquiriera una expresión más tolerante.

No sé cómo seguir. Hasta el día de hoy, cuando todo ha pasado ya, me cuesta creer algunos hechos; otros, hasta el día de hoy, cuando todo ha pasado ya, me cuesta mencionarlos.

Un mañana sonó el teléfono. Debían de ser las nueve. (Es demasiado dramático, pero es así.) Aún dormía. Por aquellas fechas acostumbraba dormir mucho, pues acababa de comprender que era la única actividad razonable a la que podía dedicar mi tiempo. Tardé un rato en comprender que era Sára quien estaba al teléfono: apenas reconocí su voz, que sonaba como velada, extraña y atormentada. Enseguida le pregunté si tenía algún problema. "Un problema grave", respondió Sára. "Llegaré en un cuarto de hora", dije. "¿Adónde?", preguntó. "Pues a vuestra casa", dije, convencido de que algo le había ocurrido a Kürti. "¡Ven a la casa de Bé!", dijo Sára. Me quedé de piedra. "¿A la casa de Bé? ¿Dónde estás?", pregunté. "Allí", contestó ella. "¿Y no le puedes pasar el teléfono?" "No", dijo. "¿Por qué no?" "Porque está muerto", respondió. Dios es testigo de que así transcurrió nuestra conversación, como un mustio diálogo en una obra de Ionesco.

No entendí nada. Sára me dio, además, una serie de instrucciones, llorando pero cada vez más segura de sí misma; por lo visto, le costó mucho decidirse a llamarme, pero una vez que lo hizo, se sintió, poco a poco, más aliviada. Yo, en cambio, entendía cada vez menos mientras la escuchaba: seguía sin comprender cómo había entrado en el piso de Bé y me incomodaba

la confianza que me mostraba, pues hasta entonces sólo la conocía como se conoce a la mujer
de un amigo, es decir, no la conocía en absoluto, con lo cual me conformaba plenamente. El
hecho de que fuese la amante de Bé, su última
amante —lo cual vale también a la inversa—, a
mí al menos me sonaba del todo increíble al
principio. A primera vista, Sára parecía un personaje gris y quizá nunca se habría descubierto
a sí misma si no se hubiera encontrado con B.
La relación debió de ser una alegría fatalmente
tardía, atormentada, unilateral, carente de pers-
pectiva de un modo casi perverso.

Mucho más tarde, cuando nuestro vín-
culo se había afianzado ya y se había vuelto casi
íntimo como consecuencia de las exigencias que
yo le planteaba, a menudo nos sentábamos Sára y yo en un bar o paseábamos, para hablar de
Bé como dos viudos. Al cabo de un tiempo le
pregunté cómo habían llegado a entablar la relación. La historia, al menos tal como me la
contó, era sencilla como un cuento y absurda
como nuestras vidas. Una mañana, mientras hacía la compra, vio de pronto a B en medio de
ese hormiguero que era el Gran Mercado; apenas pudo creer cuanto veían sus ojos. Estaba B
ante el puesto de un verdulero, entre montañas de patatas, rábanos, remolachas, coles y demás verduras. Esperaba pacientemente que le
tocara su turno, con las manos a la espalda. Aun
visto desde atrás, tenía un aspecto particular,

llamativo, casi ridículo y conmovedor, como quien no pertenece al lugar, explicó Sára. Llevaba tiempo sin verlo. Pensó gastarle una broma. Se colocó sin hacer ruido a su espalda y, sin pensárselo dos veces, puso la mano en la palma de la mano abierta de B. Ocurrió entonces algo con lo que, a decir verdad, no había contado, dijo Sára. En vez de volverse (que era lo que ella esperaba), B apretó entre sus cálidos dedos aquella mano de mujer, lo hizo con suavidad y cariño, como si fuese un regalo secreto e inesperado, y al notar el apretón, Sára se sintió de pronto inundada por el rubor, como suele expresarlo la literatura.

A continuación se saludaron, como correspondía, e intercambiaron algunas frases. ¿Qué vas a comprar?, preguntó Sára. Espárragos. ¿Qué harás con los espárragos? Los herviré en agua salada y ñam, ñam, me los comeré, dijo B. ¿No te gustan acaso con pan rallado pasado por mantequilla? Claro que sí, pero ¿quién me los preparará? Compraron, pues, la mantequilla, compraron los espárragos, compraron el pan rallado, compraron una botella de vino, y trasladaron el botín al piso de B. Lo desempaquetaron todo con sumo esmero... y al cabo de diez minutos estaban en la cama.

Así sonaba la historia. Muy característica de B. O en absoluto característica de B. No lo sé. En los últimos meses —esos agitados meses de cambios políticos, en los que la esperanza no tardó en adquirir el sabor amargo de la ilusión en nuestra boca— había visto poco a B. De hecho, apenas me había atrevido a presentarme en su casa en los años anteriores. Esto tenía su motivo, sobre el cual volveré, aunque a regañadientes, cuando llegue el momento.

Primero, sin embargo, deberé contar lo ocurrido aquella mañana. Sára, con voz atormentada, como he dicho, me dio unas instrucciones que me dejaron perplejo. Que tomara un taxi, pero que me bajara antes de llegar a la manzana donde se hallaba la vivienda; que no utilizara el portero automático y que procurara no ser visto al franquear la entrada; y, sobre todo, que me diera prisa, mucha prisa.

Aun así, tardé una hora en serenarme y atravesar luego en taxi la ciudad, en medio de un denso tráfico. B vivía por aquel entonces en una zona bastante depauperada, en un llamado bloque de paneles prefabricados o, mejor dicho, en un conglomerado de hormigón allá en la frontera entre los barrios de József y Ferenc, en el "duodeno de la ciudad", como él solía llamarlo. Allí lo había llevado el divorcio, y muchos no se lo perdonaron a Judit, su ex mujer; por aquel entonces yo tampoco, aunque de una manera un pelín más original.

Lo que me esperaba en aquel edificio que hedía a contenedores de basura y, más concretamente, en aquel piso de la octava planta cuyas placas de hormigón hervían ya por el sol matutino, me sorprendió y conmocionó hasta tal punto que la conmoción es, por así decirlo, todo cuanto recuerdo. B yacía en la cama. Estaba muerto. De repente se me ocurrió que nunca había visto a un muerto. Al ver el cuerpo tapado e inmóvil de B, al ver aquel rostro conocido paralizado en una mueca desconocida, mi cuerpo se estremeció; fue como si sucediera por obra de una brutal fuerza exterior a la que debía entregarme inerme. Percibí que estaba emitiendo un sonido extraño, hipante —mi sollozo era—, y que al mismo tiempo me extrañaba de ello. Apoyé la frente en la puerta fría, pintada de blanco y barnizada, de la habitación, y algo, aquella fuerza exterior, me sacudió enérgicamente los hombros.

Recuerdo estos detalles con torturante precisión. Recuerdo asimismo que, zarandeado por las arcadas, me precipité a la cocina para beber agua directamente del grifo. En eso, posé la mirada en una bolsa apoyada en la mesa de la que emergían la punta de una *baguette* y el corcho envuelto en papel dorado de una botella de champán, mensajeros ambos de una realidad diferente y más amable; de repente me entraron ganas de probar el pan —quizá porque no había desayunado— y a punto estuve de desgajarle un trozo, pero me inhibió la presencia de Sára, que, por lo visto, me había seguido a la cocina. Hablamos en voz baja, como si B durmiera en la habitación contigua y procurásemos no despertarlo. Apenas podía reconocer a Sára; su cara, hinchada por el llanto, parecía una esponja roja empapada. Dijo que había llegado a eso de las ocho y media. Que había abierto la puerta, pues tenía la llave del piso. Entró primero en la cocina, dejó allí la bolsa, y abrió entonces la puerta de la habitación.

¿Estaba ya muerto?

Sí.

¿Te cercioraste?

No preguntes bobadas.

Pero... pero... ¿No escribió ninguna carta de despedida?

Tú mismo la has visto.

En efecto, la había visto y, en mi estremecimiento, la había olvidado. Allí estaba en la habitación, sobre la mesa, garabateada en medio de una hoja DIN-A4:

¡NO OS ENFADÉIS! ¡BUENAS NOCHES!

Eran letras enormes, pero no cabía la menor duda de que se trataba de la letra de B. Según Sára, había tomado algo.

Si supiera qué. No había ni un vaso de agua en la mesita de noche.

¿Y... no observaste nada en él... antes? ¿No dijo nada que...?

No, respondió Sára.

Lo cierto es que llevaba dos días sin verlo.

Pero la había llamado la noche anterior para decirle que había trabajado mucho, que estaba cansado, que se acostaría enseguida pues no tenía ganas de cenar y para pedir a Sára que le trajera el desayuno esta mañana.

—Y se lo traje. Hasta ahora, nunca nos habíamos citado por la mañana.

Tuvimos que callar un rato; Sára, sacudida por el dolor, se inclinaba adelante y atrás, se agarraba a mí, y yo, sin querer, la apreté contra mi cuerpo. No hubo ni pizca de erotismo en el gesto y, sin embargo, recuerdo que algo se movió en mí. Fui tan infame (¿o sólo tan masculino, o sólo tan curioso?) que luego, en medio del duelo y del ajetreo, encontré la oportunidad de ojear con una mirada rápida y casi involuntaria a Sára, como nunca antes había hecho. El instante no era, desde luego, el más apropiado, puesto que ella presentaba ya los síntomas de un inminente desmayo. No obstante, al tenerla en mis brazos, sentí a una mujer, a una mujer nerviosa que en ese momento temblaba por la agitación y, muy probablemente, guardaba algún secreto interesante. Por lo que sé, Sára tiene más o menos mi edad, de modo que por aquellas fechas debía de rondar los cuarenta y cinco.

Jamás podría superar este momento de horror, susurró. El maligno plan de B, de legarle, por así decirlo, su muerte —"de forma tan indigna" para colmo—, a buen seguro la alejaría para siempre de B, y eso le resultaba más doloroso quizá que el duelo, dijo.

De hecho, ni siquiera se me había pasado por la cabeza. Volví a posar la mirada en la botella de champán e imaginé el nerviosismo y la sensación expectante con que Sára se había escabullido de Kürti para celebrar, esa mañana, una desacostumbrada fiesta de amor con Bé. No me atreví a imaginar, sin embargo, el momento en que encontró el cadáver de Bé. ¿Cómo pudo hacerle esto a la mujer que lo amaba? B era implacable, pero no con las personas; no lo era, desde luego, de forma deliberada y menos aún premeditada.

Ahora bien, ¿qué otra opción le quedaba? Al fin y al cabo, no podía informar a Sára de antemano de sus planes. Ni desear que lo encontrasen por azar; ni que la policía entrase primero en su vivienda. En tal caso, Sára ni siquiera habría podido despedirse de él. Algo en mi interior me sugirió que B contaba, a buen seguro, con que Sára me llamaría para pedirme ayuda. Y, por último, hasta se me ocurrió una idea bastante perversa que, sin embargo, no podía ser del todo ajena a B: previendo que Sára traería champán, tal vez quería que bebiéramos una copa, de pie junto a su cama. Le dije todo esto a Sára. Me escuchó con la cabeza gacha y las manos apoyadas en la mesa de la cocina. Añadí finalmente, y enseguida me arrepentí, que B quizá deseaba que Sára lo olvidase cuanto antes y que su aparente crueldad había de servir, probablemente, para ello.

Si así lo pensó en efecto, respondió Sára de inmediato, habrá sido bien porque no la conocía, bien porque no la amaba. En cuanto a esto, jamás se había hecho ilusiones, agregó.

Me dio pena Sára, tanto que se me contrajo el corazón. Y yo también me di pena, y me dio pena B; me daban pena nuestras vidas, estas vidas ya inefables y carentes de sentido, que yacían sin orden ni concierto en esta vivienda, como acribilladas por unos bandidos armados con ametralladoras.

Callamos.

Luego, sin embargo, tuvimos que hablar sobre qué pasos dar. Sobre las tareas prácticas y urgentes, como quien dice. En aquel momento, Sára deseaba a toda costa que Kürti no se enterase de nada. Hay que mantenerlo al margen, repitió varias veces. Me entregó la llave que le había dado B. La intención inicial de Sára era que ella se marchase de inmediato, que yo me esperase media hora y comunicase luego oficialmente el fallecimiento. Sin embargo, enseguida me opuse a la idea, pues tuve, por fortuna, la presencia de ánimo suficiente para pensar ante todo en los manuscritos. Quise rescatar al menos gran parte de ellos antes de la llegada de los funcionarios, puesto que tan pronto como éstos irrumpieran en la vivienda, lo confiscarían todo. Convinimos, por tanto, que yo me quedara en el piso, pusiera a buen recaudo cuanto pudiera salvarse, volviera por la tarde con la llave de Sára, abriera la puerta armando el mayor ruido posible y comunicara entonces, oficialmente como quien dice, el deceso. Sára se marchó entonces, no sin antes espiar para ver si había alguien en la escalera. Yo, en cambio, rebusqué en armarios, cajones, en todos los lugares imaginables, sudando y amargándome más y más, pero no encontré la novela o, mejor dicho, el manuscrito de la novela que, según mi hipótesis, B había escrito antes de morir.

Así pues, tuve que conformarme con lo que encontré. No era poca cosa, desde luego, pero una ausencia dejaba allí un hueco enorme: todo el legado aspiraba a la novela, a la culminación, a la apoteosis.

Después de una rápida ojeada reuní el siguiente material, bastante para editar, en un futuro, como mínimo tres volúmenes: además del relato publicado en aquella revista, dos relatos de la extensión de una novela corta, que yo ya conocía, pero que él no había querido publicar por el repelús que le producía todo el procedimiento, aunque, sin pretender anticiparme yo al juicio de los críticos, se tratara, en parte al menos, de obras maestras. Encontré también unas misceláneas que podían recogerse en un volumen breve de apuntes o, si se prefiere, de aforismos. Cada frase era como un tiro en la nuca, comprobé ya en su día, con la alegría del editor que, mucho me temo, poco a poco empieza a languidecer dentro de mí. La comedia (¿o tragedia?) titulada *Liquidación* transcurre en el año 1990, y B debió de acabarla justo antes de su suicidio. En cuanto a la novela, de la que, como he dicho, no hallé ni rastro, calculo, en mi hipótesis, que la escribió antes de empezar la pieza de teatro o quizá a la par que ésta. Es posible que trabajara varios años en ella, como en la pieza, que seguramente escribió durante mucho tiempo, quizá con interrupciones; lo sugieren las diversas variantes formales que se pueden rastrear en los apuntes autógrafos.

Por fortuna, había traído el portafolios. En esa época llevaba a todos sitios el viejo y castigado portafolios de editor como el médico su maletín con los instrumentos.

Antes de abandonar la vivienda, volví a leer la carta de despedida de B:

¡NO OS ENFADÉIS! ¡BUENAS NOCHES!

Era la carta más breve de la literatura universal. Una obra maestra en su género, pensé.

No sé por qué, pero ahora recuerdo de repente que no volví a mirar el cadáver o, para ser preciso, el rostro de mi amigo muerto. ¿Debería haberlo hecho? No lo sé. Simplemente no lo pensé.

Recuerdo exactamente la sensación de congoja y presión en el tórax con la que me desperté de pronto esa noche. ¿No será un infarto?, pensé con cierta alegría en el alma. No lo era. En cambio, me sentí infinitamente ingenuo y estúpido, como quien ha sido burlado y engañado como un niño. Alguien me mintió y, aunque parezca extraño, ese alguien era sobre todo yo. Me planteé algunas preguntas que debería haberme planteado mucho antes, incluso en el escenario mismo de la muerte. ¿Había pensado yo, por ejemplo, en el motivo de B, en la verdadera causa o las causas de su funesto acto? Volví a recordar aquel viejo bar de aire viciado donde hablamos del suicidio. ¿Por qué acepté con tanta facilidad y hasta ligereza el suicidio de B? La causa podía ser la literatura, ni más ni menos: la literatura, que me había absorbido la vida hasta el punto de que la lógica natural de ésta ya ni siquiera rozaba mi pensamiento. Lo cierto es que nadie se desprende tan fácilmente de la vida. Vislumbré de súbito un secreto; un fondo lóbrego se coló detrás de los acontecimientos y no me percaté en aquel instante, cuando yo mismo era parte de los sucesos. Vi al difunto, y eso me paralizó en cierto sentido. A partir de ese momento todo me pareció posible, incluida la carta de despedida que me pusieron delante. En la habitación oscura, tumbado boca arriba en la cama, pensaba ahora avergonzado que me había tragado y hasta había calificado de obra maestra una sandez garabateada en un papelito y manifiestamente absurda, indigna no ya de B sino de cualquier persona adulta. ¿Por qué me habían hecho eso?, me rompía la cabeza. ¿Cómo es posible que B invitara a Sára, su amante, a desayunar con champán junto a su cama y le dejara ese papel como carta de despedida? No, no podía ser, era evidente que no. Pensé de pronto que quizá existían dos cartas, una verdadera y ésta, pensada para mí. Pero ¿qué tenía esto que ver con la novela desaparecida —así la llamaba ya, convencido, para mis adentros—, cuyo secreto había de buscar en el mismo sitio?

No hallé la respuesta a ninguna de estas preguntas. Empecé a preparar para la imprenta, como dicen, el material que tenía entre manos y pedí a Sára que me ayudara a revisar el legado de B. De este modo empezaron nuestros encuentros secretos, las largas conversaciones y paseos, en el transcurso de los cuales dejé que Sára diera rienda suelta a su duelo. A veces parecía del todo perdida, y yo pensaba aterrado que, si lo deseara con insistencia, podría empezar con ella en el punto donde quedó interrumpida su relación con B, y la idea me colmó de vergüenza y angustia pues hizo aflorar en mí aquel pasado del que no sólo no quería hablar sino tampoco saber nada.

La imposibilidad de la relación la hacía tan hermosa, dijo Sára.

—Era tan bella, tan irreal —explicó—. Como un sueño.

Ninguna preocupación real pesaba sobre ella. Se encontraban y paseaban como adoles-

centes. Compartían sus "secretos trascendentales", decía Sára. Hablaban de la desesperación, de libros o de música. A veces de Judit.
Sára estaba convencida de que B seguía aman-
do a Judit. Yo no insistí en el tema; es más, lo
evitaba o, para ser sincero, hasta diría que rehuía
cualquier referencia a Judit. Por lo demás, a Sára no le importaba este hecho, lo aceptaba, decía, igual que aceptaba su relación. Por aquel
entonces, precisamente, Kürti empezó a mal-
quistarse con el mundo, decía. Le pregunté cómo lo manifestaba. Básicamente en discursos
interminables, respondió Sára. Así empezaba
por la mañana y así acababa por la noche, dijo.
Eran sermones moralizantes, en el transcurso
de los cuales Kürti desarrollaba una y otra vez
cómo había de ser aquello que no era y por qué
nada era tal como debía ser. Los sermones, mo-
nótonos e insoportables, solían desembocar
en ataques de ira tan terroríficos como grotes-
cos. Ahora bien, cuando Sára lo interrumpía,
procurando anticiparse a uno de estos ataques,
no servía de nada, puesto que igual acababa es-
tallando en cólera. Esta historia me removió
muchas cosas, porque se trataba de la historia
de un viejo amigo y porque mostraba a las claras adónde conduce una vida levantada sobre
esperanzas infundadas. Kürti creía en la política, y la política lo engañó, como hace con todo el mundo.

No tiene mucho sentido describir con detalle mi lucha con Sára hasta conseguir por fin la ya inesperada victoria, que me cayó como un fruto maduro. No podría afirmar que me alegrara. A veces, uno preferiría no tener razón.

Me llamó la atención que no pudiera hablar casi nunca con ella sobre la obra de B. Le pregunté si sabía en qué trabajaba B los meses previos a su muerte: no lo sabía. No creía, dijo, sin embargo, que albergara planes literarios de cierta envergadura, salvo el de traducir de nuevo *La Marcha Radetzky,* con cuya traducción que circulaba por ahí no estaba en absoluto conforme. Me la quedé mirando, convencido de que en Sára seguía activa la rabia causada por la terrible humillación que le infligiera B. Al pensar en su pérdida, en el abismo emocional al que se precipitó tras el fallecimiento de B, tuve que comprender que no le interesaba nada más en esos días. En la medida en que me fui acercando a ella, descubrí asombrado que Sára era un alma profundamente creyente, que consideraba la vida un deber, encarnado, para ella, en la persona de Kürti. A pesar de todo, sin embargo, a pesar de Kürti, a pesar de su relación con B, asunto altamente sensible y necesitado de protección como una rosa invernal (así se expresó Sára), no pudo sustraerse de la euforia generalizada que se manifestaba en torno a ella, a la sensación general de gran alivio y grandes esperanzas. Fue a la Plaza de los Héroes, llevó una vela y la encendió, así estuvo en medio de la multitud, a la luz candente de decenas de miles de velas. Todo esto no interesaba a B. A Kürti, a su vez, lo enfurecía. Sára no entendía ni a uno ni al otro y sólo pudo compartir su alegría con la masa en esta única ocasión. Algo la distanciaba en este punto de Bé, una cuestión, dijo Sára, intocable, irresoluble y a veces incluso terrorífica.

Yo no sabía de qué hablaba exactamente.

Bé era judío, dijo Sára.

Ya lo sabemos, respondí.

—No lo sabemos —dijo Sára—. No sabemos lo que significa ser judío.

Dudó un momento y añadió de sopetón que no debería ocuparme tanto del legado literario de Bé.

Me quedé perplejo:

—¿A qué te refieres?

—Lo mejor sería dejarlo todo como está, en forma de manuscrito —dijo Sára. Pensé de pronto, horrorizado, que B había cedido sus derechos de autor a Sára y hasta se lo pregunté. Sára calló largo rato, y no sé lo que leí en la expresión de su rostro: desde luego, era evidente que no simpatizaba conmigo en aquel momento. Acto seguido, sin embargo, me dijo que debía confesarme un secreto que, de hecho, sólo le pertenecía a ella. Se trataba de un escrito o, mejor dicho, de un documento, añadió.

Me quedé sin respiración, como suele decirse:

—¿Se trata de una carta? —pregunté.

—Sí —respondió.

Al día siguiente se lo pensó.

Al final, no obstante, se avino a mostrármela.

Nos encontramos en un café. Puso la condición de que leyera la carta in situ, sin llevármela. Aceptó, en última instancia, que la copiara a mano, sobre un papel allí en la mesa, como si no se hubieran inventado todavía ni las fotocopiadoras ni los ordenadores.

Era la carta de despedida, la carta de Bé a Sára, que ella no me mostró aquel día en la vivienda y que ahora sólo me enseñaba para apartarme de mis planes y obligarme a callar: era lo que le pedía su conciencia.

Sára, se acabó. Se acabó. Sé lo que te hago. Pero se acabó. Se acabó.

Tal vez te escriba estas líneas delirando ya por la morfina. Pero estoy plenamente consciente. Jamás he estado tan lúcido. Estoy irradiando luz, por así decirlo, soy mi propia lámpara.

No creas que no lo siento. Se acabaron nuestras largas tardes que se perdían en lúgubres noches. Se acabaron nuestras "caricias trascendentales" (así las llamábamos, ¿te acuerdas?). Tumbados en la cama como dos hermanos, hermana menor y hermano mayor, o, más bien, como dos hermanas ca-

riñosas que se mimaban. Se acabó nuestro mundo, el cómodo mundo carcelario —así lo veo ahora— que tanto odiábamos. Hoy ya sé que ese odio me mantuvo con vida. La obstinación, la obstinación de sobrevivir.

  —¿Y el amor? —preguntarás. Oigo tu voz—. ¿No cuenta el amor?

  Debo desaparecer de aquí, con todo cuanto llevo dentro como la peste. Guardo increíbles fuerzas destructivas en mi interior; se podría destruir todo el mundo con mi resentimiento, por expresarme con suavidad y no decir ganas de vomitar.

  Hace mucho tiempo ya sólo deseo mi destrucción. Sin embargo, no se produce por sí sola. Tengo que echarle una mano, darle facilidades...

  He creado una criatura, una vida frágil y delicada con el único fin de destruirla. Si algo sabes, calla para siempre. Soy como Dios, ese canalla...

  Deseo de todo corazón mi aniquilamiento. No sé por qué he tenido que desgranar esta larga vida cuando habría podido suicidarme a tiempo, en una época en que desconocía aún la inutilidad de las luchas y ambiciones. Nada ha tenido ningún sentido; no he conseguido crear nada; el único fruto de mi vida es haber conocido la extrañeza que me separa de mi vida. He estado muerto ya en vida. Abrazabas a un muerto, Sára, en vano tratabas de devolverle la vida. A veces nos

*veía de lejos, veía tus inútiles intentos y apenas po-
día contener la risa. Soy un hombre malo, Sára.*

*Has sido un gran consuelo en este misera-
ble campo de concentración terrenal que llaman
vida, Sára.*

*No lo sientas, he tenido una vida plena.
A mi manera. Sólo hay que reconocerlo, y este re-
conocimiento fue mi vida. Pero ahora se acabó.
Ha desaparecido el pretexto para mi existencia, ha
desaparecido el estado existencial de la supervivien-
cia. Ahora habría de vivir como un adulto, como
un hombre. Y no tengo ganas. No tengo ganas de
salir de la cárcel, pisar el espacio infinito, donde
se disuelve y desintegra mi superflua...*

¿No habré querido decir tragedia?

Ridículo.

*Me gustaba el verde inagotable de las plan-
tas, me gustaba el agua. Me gustaba nadar; y antes de conocerla a ella, creía que también me gustaban las mujeres.*

*Viví todo cuanto me estuvo dado vivir.
Casi me asesinaron y casi me convertí en asesino.
De hecho... Precisamente ahora me estoy prepa-
rando para matar.*

*Me has visto inclinado sobre un montón
de papeles. Si algo sabes, calla para siempre. El
literato te interrogará. Intenté redactar la... Da
igual. No funcionó. No hay nada, nada. No le dejé
nada. No hay nada de que hablar. No quiero le-
vantar mi tienda en la feria de la literatura, no
quiero exponer mis productos. Son mercancías feas,*

no están pensadas para manos humanas. Tampoco querría, sin embargo, que las cogieran, las manosearan y las devolvieran con desprecio a su sitio. He concluido mi trabajo, que no pertenece a nadie.

Empiezo a sentirme raro. Es tan bueno llegar al otro lado... Es tan bueno dejarlo todo. Nada tengo que ver ya con ese montón de cosas torturantes y repelentes que soy yo... Gracias por todo... Gracias por el sueño...

Era, pues, la carta. Palabra por palabra. Creo que, a la primera lectura, ni siquiera la capté. Sólo sentí el triunfo, el oscuro triunfo de mi verdad. Veía reunidas todas las pruebas de lo que pensaba. Aquí estaba la novela... O, mejor dicho, la novela no, pero las huellas incuestionables de que la escribió, de que existía, de que su existencia era un hecho, una realidad irrefutable. Sólo la última frase me proporcionaba quebraderos de cabeza. *Gracias por el sueño...* ¿Qué entendía por la palabra sueño en este caso? ¿No habrá pensado en Calderón, que tanto le gustaba, sobre todo *La vida es sueño? El delito mayor del hombre es haber nacido:* ¿cuántas veces le oí citar esta frase, creada muchísimo antes de Schopenhauer?

Sí, puede que resulte extraño, pero así pensaba yo en aquel momento. Es el modo de pensar degenerado de un editor, que sólo sabe interpretar los hechos más evidentes de la vida movilizando la literatura universal. Que me sirva de descargo el hecho de que —por un breve período de tiempo al menos— este modo de pensar me protegió del dolor, de vivir con todo el peso de la realidad los terribles pensamientos de mi amigo y su terrible destino. Esta defensa, esta protesta mía contra la realidad, me llevaron incluso a poner en duda la autenticidad de la carta en sí. El texto sugería total espontaneidad: al final, la pluma cae de la mano de B. ¿Es esto admisible? En efecto, no es fácil establecer una diferencia entre la estilización y la realidad, sobre todo cuando se trata de un escritor, pensé; se estilizan tanto que al final, como reza la frase, el estilo acaba siendo el hombre.

La pregunta de si la carta era, en definitiva, una ficción que meramente fingía el agotamiento y la paulatina extinción se quedaba, sin embargo, pequeña en comparación con la otra pregunta: si se trataba de una reminiscencia de Calderón, ¿por qué agradecía el sueño a Sára? Para ser exacto, ¿por qué agradecía el sueño precisamente a Sára y no a otra? Según daba a entender el texto, en aquel momento Morfeo ya lo había cogido en brazos. Dos mujeres remaban con él por el río oscuro, y la otra se llamaba, sin la menor duda, Judit...

¿Quizá daba las gracias por el sueño a Judit? Un escalofrío me recorrió la espalda... Recordé al policía. Recordé que Bé visitaba de vez en cuando a Judit en la policlínica: a veces le pedía recetas, lo sé por el propio Bé. Y de súbito me pareció evidente que la novela desaparecida algo tenía que ver con Judit. Pero ¿qué?

Hasta entonces sólo eran pensamientos, fríos pensamientos. En ese momento, sin embargo, me di cuenta de pronto de que debía hablar con Judit. Tenía que llamarla. Encontrarme con ella. Cuando me disponía a coger el auricular, empero, tuve la sensación de que mis manos y mis piernas se quedaban, en el sentido estricto de la palabra, sin sangre.

Llevaba unos cinco años sin verla. Para ser exacto, la vi en el entierro. Llegó tarde y se mantuvo a cierta distancia de nosotros, sus antiguos amigos. Acudió con dos niños de la mano, un niño y una niña, y se marchó antes de finalizar la ceremonia. Traté de olvidarla pero no pude. Parecía un poco más regordeta que antes. Segura de sí misma e inaccesible. Durante los dos días que siguieron al entierro, me atormentaron los ataques masturbatorios. Era como un castigo pérfido, maligno, metafísico por aquella relación amorosa de cuatro meses de duración que tuve con la esposa de mi gran amigo y maestro.

No quiero hablar de aquella relación. Tampoco podría. No sé qué fue exactamente ni qué nombre darle. Pasión sexual, sí, pero llena —por mi parte al menos— de horror, repugnancia, odio a mí mismo y placeres inexplicables. Conocí, sin tapujos, todos los secretos de

Judit al paso que ella se convertía para mí en un secreto cada vez más grande. Al final la temía del mismo modo que me temía a mí mismo.

Sabía que se había casado entretanto, que vivía en un chalé de Buda, que su marido era arquitecto. Se había salido de nuestro círculo, por expresarlo de algún modo. Prefiero no saber lo que pienso de ello. Más tarde, cuando me sentí obligado a adoptar medidas duras, que no crueles, contra ella —siempre única y exclusivamente en interés de la novela desaparecida—, pedí ayuda a Sára.

—¿Qué quieres realmente? —preguntó Sára—. ¿Vengarte en los vencedores?

La pregunta me asombró, pero me dejó menos perplejo que mi respuesta. La recuerdo perfectamente, puesto que me llegó como oyente, por así decirlo, como si no hubiera hablado yo, sino otro:

—Ella no puede escabullirse del pasado como ella imagina, así sin más. Fresca y fragante como si saliera de la bañera, cuya agua allí queda, usada.

Luego me enfrasqué en prolijas explicaciones, tratando de convencer a Sára —y quizá también a mí mismo— de que no había dicho lo que había dicho. Ella me respondió que el duelo y la pérdida no la habían endurecido como, por lo visto, a mí. Añadió que en vez de tener celos de Judit, albergaba algo así como un sentimiento "sororal" respecto a ella (le costó encontrar la palabra). Sin embargo, agregó acto seguido, yo no lo entendería ni podría entenderlo, puesto que los hombres, en general, no solían comprender que es más fácil odiar que amar y que el amor de los perdedores es el odio.

No le contesté, lo cual hasta a mí me pareció extraño.

Mucho me temo que no sabré resolver lo que debería venir ahora, o lo que viene, o lo que vino. Me falta algo muy concreto, la seguridad de la mirada eternamente impávida al dar testimonio, para expresarlo de alguna manera. He observado que en los escritores, en los verdaderos escritores (y no puedo negar, llegado a este punto, que sólo conocí a un verdadero escritor, que era Bé), esta mirada registra de forma imparcial e insobornable hasta los acontecimientos que más los ponen a prueba tanto emocional como físicamente, mientras que su otra personalidad, la cotidiana, como quien dice, se funde por completo con estos hechos, tal como le ocurre a todo quisque. Me atrevería a afirmar que el talento literario no es más, al menos en parte, que esta mirada impávida, esta extrañeza que luego se puede poner en palabras. Es tan sólo medio paso, una distancia de medio paso; yo, en cambio, siempre marcho al compás de las cosas; siempre me afectan los sucesos, siempre me perturban y me aplastan los hechos.

En resumen, que llamé por teléfono a Judit. La llamé a la policlínica donde trabajaba como dermatóloga. No se mostró amable. Diría que ni siquiera me escuchó. En la siguiente ocasión, mandó a la enfermera al teléfono. Me dijo que la médico-jefe estaba atendiendo a un paciente. Ni siquiera mencionó la posibilidad de llamarla más tarde. No la llamé al hospital. La llamé a su casa. En un momento en el que, según mi experiencia, los ciudadanos solían sentarse a cenar. Respondió una agradable voz de hombre. Me presenté y pregunté por la "médico-jefe". Volví a oír la voz del hombre, esta vez ya más alejada: "¡Judit, un paciente!". Después oí la voz de ella, irritada y quizá también un poco alarmada: "¿Tan urgente es que no puede esperar hasta mañana? Está bien, ve a verme mañana a la policlínica". Aún tuve el descaro de preguntarle cuándo atendía. "Por la tarde. Entre tres y ocho", respondió, bastante malhumorada, me dio la sensación. Recuerdo que me sentí sumamente satisfecho. No puedo negar que, al colgar el auricular, dije a media voz: "¡Bestia!".

Después pasé dos días sin llamarla. Que se vaya ablandando: algo así pensé. Luego se mostró más accesible, aunque puso muchas trabas. ¿Qué quería yo de ella?, preguntó. Hablar, respondí. Ya lo sabía, dijo, pero ¿sobre qué? Ya lo vería, dije. Me pidió entonces encarecidamente que no la llamara a su casa, ¿de acuerdo? No lo habría hecho, dije, si se hubiera mostrado dispuesta enseguida. Le propuse encontrarnos en una cafetería. Rechazó la propuesta sin pensárselo dos veces. Rechazó todo cuanto le proponía. Que fuera a su consulta. Esta vez fui yo quien se negó. Tenía una imagen muy precisa de nuestro encuentro. La idea era encontrarme con ella en una cafetería a orillas del Danubio. Estábamos en primavera. Quería verla acercarse con pasos ágiles y vestido primaveral. Finalmente, no vino por el lado que yo esperaba; apareció de improviso, de modo que sólo me percaté de su presencia cuando ya estaba junto a la mesa.

Se necesitan estos pequeños lapsus y torpezas. En cierto sentido confirman al hombre, confirman precisamente que el hombre es un hombre, al que nunca nada podrá salirle bien.

Vinieron minutos embarazosos y palabras triviales. Recuerdo que a una pregunta de Judit respondí con una sonrisa mezquina y falsa:

—Sólo quería verte.

—Pudiste verme hace poco —contestó ella.

—¿Hace poco? ¿Cuándo?

—En el entierro.

Fue un diálogo espantoso. Ahora que lo escribo tomo conciencia de su grado de horror. De repente apareció ante mí el cementerio. Una tarde húmeda y ventosa. Jirones de nubes se deslizan por el cielo, cae a rachas una lluvia helada. Somos pocos. Nadie habla. Una ceremonia pagana, gélida, sin discurso fúnebre. ¿Quién lo quiso así? ¿Quién lo dispuso? Resulta extraño pero no lo sé. ¿Cómo es que no hablamos de ello? ¿De un entierro digno de B? ¿Cómo es que a ninguno se nos ocurrió? Recuerdo que miré a Sára. Sollozaba inerme, desamparada, el dolor se había adueñado de ella por completo, como una enfermedad. La cabeza inclinada de Obláth, sus manos juntas sobre el impermeable. Kürti con la mirada vacía clavada en la nada. Dos hombres de uniforme negro introducen la urna a toda prisa en el maletero de una furgoneta negra. Me pregunto si alguien les ha dado alguna propina. En eso aparece Judit a paso rápido entre las tumbas, con dos niños. Se detienen a cierta distancia. Ni siquiera me atrevo a mirar hacia allí. La furgoneta se pone en marcha. El cortejo se pone en marcha. No sé si, al final, Judit se sumó al grupo. No la vi en el columbario. (Lo cual no quiere decir que no estuviese.)

Por fortuna, llegó la camarera. Judit no quiso pedir nada.

—No tiene sentido —dijo—. Créeme, esto no tiene ningún sentido.

Se movía en la silla como si se dispusiera a levantarse ya. Pero no se levantó. La camarera no se inmutó. Propuse un café. Judit se encogió de hombros. De repente me di cuenta de que la estaba cubriendo de estúpidos reproches:

—Tuviste mucho cuidado de impedir que alguien perturbara tu duelo solitario. Allí estabas, apartada, con tu traje negro, cogiendo con una mano a una niñita, con la otra a un niñito...

—Mis hijos —me interrumpió Judit. Tuvo que ir a buscarlos al jardín de infancia—: No supondrás que los iba a encerrar en el coche como a dos perritos —dijo.

—Allí estaban tus viejos amigos. Obláth, Kürti, Sára, yo, los demás... No nos dijiste ni una palabra —me quejé como un adolescente ofendido.

Judit revolvía su café sin abrir la boca. Luego alzó la vista poco a poco y me miró fríamente:

—Ahora llevo otra vida, Keserű —dijo.

—Todos llevamos otra vida.

—Estás filosofando —se molestó—. Si me has llamado para decirme algo, te pido que empieces ya... He de marcharme en cinco minutos.

—No te retendré. Ni un segundo. Siempre y cuando me entregues la última novela de B.

Noto que me alejo un poco... ¿De qué? ¿De la realidad? ¿Cómo alejarme de la realidad, de ese concepto del todo inasible e incognoscible del que la imaginación, a Dios gracias, nos mantiene eternamente alejados? Puedo afirmar, a lo sumo, que he dramatizado, sin querer, los diálogos que sólo recuerdo vagamente y que fueron, sin duda, mucho más grises y simples que los arriba reproducidos. En mi confusión quizá, empecé diciendo que determinadas circunstancias despertaron en mí la sospecha de que B había escrito una novela antes de su muerte. Estas mismas circunstancias me sugirieron la hipótesis de que dicha novela podía hallarse en poder de Judit. De ser así, se le pide con el debido respeto, etcétera, etcétera.

Judit se estremece primero y protesta luego vivamente. ¿Novela? No sabe de ninguna novela.

—¿De qué novela me estás hablando, por el amor de Dios?

—De la que acabó antes de su muerte. Y que te entregó en forma de manuscrito o mecanografiada.

—Si supiera de dónde has sacado esto. ¿Te dijo algo? ¿Lo escribió en algún sitio? En su testamento, en una carta o...

—Mira, Judit, puede que hasta ahora sólo supusiera que tienes el manuscrito, pero ahora estoy convencido de ello.

—¿De verdad?

—¿Por qué no me lo quieres dar?

—Por una sencilla razón: porque no existe.

—Tiene que existir —declara Keserű, tan seguro de su asunto que percibe el tacto del manuscrito arrugado, oye el susurro de los papeles que hojea. ¿De dónde le viene esta seguridad? Ni él lo sabe. Es tan sólido su convencimiento que realmente desespera a Judit.

—Pareces un detective privado de una de esas novelas baratas norteamericanas —se queja—. Me estás sometiendo a un interrogatorio. ¿Con qué derecho? ¿De dónde has sacado que existe una novela de la que no sabes nada? Y, si existiera, ¿por qué la tendría yo?

—Te la dio para algo. Para guardarla, por ejemplo.

—¿A mí precisamente? ¿No te parece absurdo, Keserű?

—No, porque eres ciertamente el único ser de la Tierra al que aún se sentía vinculado.

—¿Has olvidado que llevábamos cinco años divorciados?

—Eso no cuenta. Yo sé que aún sentía una vaga conciencia de culpa respecto a tu persona. Y el único vínculo verdadero entre dos personas es la conciencia de culpa.

—Pues yo conozco otros —dice Judit.

—¿Por ejemplo? —y la pregunta suena quizá más desafiante de lo que pretendía Keserű. Judit, por supuesto, no responde; o, para ser precisos, da la callada por respuesta.

"Y tú seguramente también abrigabas cierta conciencia de culpa respecto a él —continuó, pues, Keserű—, porque de lo contrario no le habrías llamado de vez en cuando por teléfono.

—¿Cómo lo sabes?

—Lo sé por él.

Silencio.

—Sabes que siempre le dolía algo. Le prescribía somníferos, tranquilizantes, analgésicos...

—¿Y nada más?

—¿Qué otra cosa podía prescribirle?

—Por ejemplo —Keserű, llegado a este punto, titubea un instante antes de soltarlo—, por ejemplo, morfina.

Vuelve a reinar el silencio. El silencio previo a las confesiones embarazosas.

—Una sobredosis de morfina provocó su muerte —señala Keserű, animándola a hablar.

—Un vuelco audaz. El detective privado. ¿No te das asco? Yo también sé lo que le causó la muerte. Pero ¿tú qué sabes? Nada, pero manejas de manera infame hasta el no saber. En primer lugar: ¿no imaginarás que prescribo morfina a un paciente ambulatorio en mi consulta dermatológica? ¡Inyectable, para colmo!

—¿De quién diablos recibió entonces la morfina?

—De mí.

—Ahora no entiendo nada —dice Keserű, que no sale de su asombro.

—¿Por qué lo vas a entender? —dice Judit—. No sueles entender nunca nada. Podía extenderle las recetas en cualquier cafetería; para eso no tenía que acudir a mi consulta.

—¿Y? —pregunta Keserű, que sigue sin entender.

—Él siempre quería venir —dice Judit—. Estaba allí sentado, entre los enfermos de la piel. Era terrible. Hasta que por fin comprendí por qué.

Una noche, revisando el contenido del armario de los medicamentos después de la consulta, Judit se topa con la desagradable sorpresa de que le han saqueado la morfina. Al margen de que deberá reponerla, se ve acosada por el terror de cualquier médico de una policlínica: el morfinómano clandestino, que va robando su dosis diaria en las horas de consulta. No siempre se guarda en el bolsillo la llave del armario de los medicamentos. Uno lo abre, lo cierra, y deja la llave en la cerradura. Todo médico sabe de lo que es capaz el morfinómano cuando se trata de conseguir la droga. Revisa la lista de los pacientes para ver quién acudió a la consulta por la tarde. B pasó antes de empezar. Y recuerda de repente que salió por un momento porque Bé necesitaba urgentemente un bolígrafo, y ella no tenía ninguno a mano. En la siguiente ocasión, ya se las arregla para que B se quede solo en el despacho. A partir de ese momento, sólo tiene tiempo para B en determinados intervalos. Siempre guarda la dosis adecuada en el armario de vidrio, de donde siempre acaba desapareciendo.

La historia conmociona a Keserű. Farfulla unas palabras incoherentes.

—Vamos... Esto es... horroroso —dice.

La expresión de Judit se mantiene dura. Ella podría imaginar algo más horroroso todavía, dice.

—¿Más todavía? —se indigna Keserű—. ¿Qué?

—Notificar su drogadicción, por ejemplo, y dejarlo esperar su turno entre drogadictos deshechos en el ambulatorio del barrio, para recibir la dosis establecida por el Estado. La que les corresponde a los drogodependientes. No sé cómo habría conseguido, de lo contrario, la sustancia.

Keserű se queda callado un rato. Lo que acaba de oír lo estremece.

—¿Era morfinómano? —pregunta luego.

—Se podría formular así. Empezó alguna vez en algún lugar. Así al menos lo tenía a raya, le controlaba las dosis...

—¿Por qué no avisaste?

—¿A quién?

—A mí, por ejemplo.

—¿Y si hubiera avisado? ¿Lo habrías mandado a una cura de desintoxicación forzosa?

Keserű calla. No está preparado para esta pregunta.

—¿O lo habrías hecho pasar a otra droga? —continúa Judit sin piedad—. ¿A una mucho más dañina?

Keserű calla.

—Ya ves —prosigue Judit—, el gran moralista. El detective privado. Y ahora presta bien atención, que te voy a decir algo. El hecho de que fuera capaz de saltarse períodos enteros con el único fin de reunir la dosis adecuada, el hecho de que fuera capaz de semejante disciplina, de semejante autocontrol, quiere decir que estaba dispuesto a todo.

¿Comprende Keserű lo que le está diciendo? Keserű, desde luego, no tiene ni la menor idea de los tormentos que ha debido de pasar Bé, no intuye siquiera lo que significa el síndrome de abstinencia para un morfinómano.

Callan.

—O sea que, en tu opinión —señala, por último, Keserű—, se preparó.

—Así es —responde Judit.

—Durante mucho tiempo, sistemáticamente.

—Así debió de ser.

—Y tú no observaste nada.

—No, porque siempre recibía la cantidad necesaria para ir tirando hasta la siguiente visita. Es más, recibía cada vez menos, porque lo obligué a someterse a una cura de desintoxicación.

Vuelven a callar durante un rato.

—¿Qué quieres que te diga, Keserű? —pregunta finalmente Judit—. Podría haber reunido las dosis incluso si hubiera accedido a ellas oficialmente... Pero a costa de cuántas humillaciones... Y otra cosa, Keserű, sólo para satisfacer tus necesidades morales... Sabes, si realmente hubiera visto que estaba definitivamente harto y si me hubiera preguntado cómo y de qué manera... ¿me entiendes?... no habría podido recomendarle mejor opción. Porque ésta es la más fácil, la más suave.... Y si ahora se te ocurriera preguntarme una estupidez como, por ejemplo, si tengo remordimientos de conciencia, entonces...

Judit no acaba la frase, sin embargo. De repente se derrumba sin previo aviso, por lo que resulta aún más sorprendente. Esconde el rostro en las manos, la sacude el llanto. Algo debió de meterse en la boca, un pañuelo quizá, porque de allí sólo emergen sonidos apagados y entrecortados. Keserű, inerme y desesperado, trata de apaciguarla.

—Vámonos de aquí... Vamos... —dice Judit.

Se levantan. Keserű paga los cafés. Luego la coge del brazo.

La traje simplemente a casa. Sí, a mi casa. De la manera más natural. Sin segunda intención. ¿Adónde podría haberla llevado si no? Vino conmigo, no puso ninguna pega. Le pregunté si podía hacer algo por ella. Si quería arreglarse, si quería beber algo.

—¿Qué? —preguntó.

—Pues un vodka, por ejemplo.

Me pareció, sin embargo, que no me prestaba mucha atención. Paseaba la mirada por el cuarto.

—Sigues viviendo aquí —dijo—. No ha cambiado nada. Ni siquiera ha sido pintado desde entonces.

—No. Y la verdad es que le vendría bien —señalé de paso—. Siéntate —la invité.

—¿Aquí? —preguntó y se detuvo junto a una butaca determinada. Se sonrió. Con la intención de conservar la calma, pensé que en todas partes existe una butaca determinada o un sofá determinado, que en todas partes existe un mueble determinado. Volví a preguntarle si quería beber algo.

Se instaló en la butaca. Evocó el pasado:

—Vodka. Kirsch. Aguardiente de frutos varios —enumeró con expresión ensoñadora.

—Los tiempos heroicos —traté de bromear. No respondió. De repente se mostró más amable, casi humana:

—¿Cómo te las arreglas para vivir aquí, Keserű? —preguntó. Siempre me llamó por el apellido, y en aquellos tiempos incluso me gustaba mucho.

—Como un detective privado en una de esas novelas norteamericanas baratas —procuré contestarle con ingenio.

—¿Y cómo vive un detective privado? Me lo pensé:

—Solo. Esperando continuamente la oportunidad.

—¿Qué oportunidad esperas tú?

—¿Yo? A lo sumo alguna que aún pueda dejar pasar.

Se rió.

—¿Amor? —preguntó entonces.

—No digas tonterías.

—¿Mujeres?

—Alguna prostituta profesional. De vez en cuando una puta literaria. A veces ambas, en una persona.

Volvió a adueñarse de mí un terror gélido. ¿Con quién estoy hablando? ¿Y de qué? Terrorífico era este diálogo, torturante, humillante e insoportable.

—Bebamos algo —la animé. Me levanté y rebusqué en el armario—. Sólo tengo vodka en casa —comuniqué el resultado de mis pesquisas. Lo extraño es que, al oír esto, de repente le cambió la cara; era como si de pronto hubiera recobrado la sobriedad.

—Hace tiempo que no bebo vodka —dijo, bastante malhumorada. Así que le pregunté:

—¿Qué bebes entonces? ¿Champán?

—Eso sí —contestó.

—De marca, si puede ser.

—Dom Perignon —afirmó.

Callamos un rato.

—Esto es falso, Keserű —dijo después—. Conozco el juego que estás jugando, pero sigues la pista equivocada. Mi marido es arquitecto, gana bien, vivimos bien. Pero no es ésta la esencia del asunto, en absoluto.

—¿Cuál, entonces? —pregunté, sintiendo que se apoderaban de mí la desesperación y la conciencia de mi desamparo.

—No sé si puedo decirlo —oí a todo esto su voz—, aquí en este asiento.

—Dilo, Judit. Dilo todo.

—No sé si no me odiarás por eso.

—¿Y qué?... ¿No da igual?

—No sé si no me aparta de los hombres. De todo. De todo el mundo.

—Alégrate. El mundo es horroroso.

—No sé si... Considerándolo todo... No sé si no es pecado.

—Ahora ya me pica la curiosidad. Suéltalo, Judit.

Aún me hizo esperar unos segundos.

—Soy feliz, Keserű —susurró luego como si se tratara de una confesión muy confidencial que, sin embargo, no iba dirigida a mí. Cuando acabó la frase, tuve la sensación de que me habían expoliado. Me habían despojado de todo aunque no tuviera nada.

¿Por eso perdí la cabeza? No lo sé. Solamente recuerdo un estado de confusión ardiente, violencia, lucha, calor corporal. Tenía la palma de una mano sobre su pecho y apretaba con el pulgar de la otra su clítoris a través de las bragas. Después me di cuenta de que no ocurría nada. Tenía en las manos una muñeca, un cadáver. Sólo entonces tomé conciencia de lo que estaba haciendo.

La solté.

Callamos, como ocurre después de una experiencia vergonzosa.

Farfullé algo así como unas disculpas.

Dijo:

—Sabía que no podía pronunciar esa palabra sin atenerme a las consecuencias.

Y a continuación:

—No puedo acostarme contigo por mera nostalgia. Ni por nuestra antigua amistad.

Y a continuación:

—Amo a mi marido. Y desde que lo amo a él, también me amo a mí misma.

Entretanto manipulábamos nuestras ropas, dándonos, a medias, las espaldas. Si mal no recuerdo, volví a disculparme.

—El viejo sentimiento se apoderó de mí por completo —dije.

Se estaba pintando los labios. Sujetaba un espejito ante su rostro. Por un momento tuve la engañosa sensación de que, a pesar de todo, habíamos hecho el amor. Por causa del lápiz de labios, a buen seguro. Siempre se pintaba los labios después de nuestras citas.

—¿Qué era el "viejo sentimiento"? Si tuvieras que definirlo con precisión, ¿qué dirías? —preguntó, mientras dibujaba pequeñas muecas ante el espejo.

—Era el delirio. La locura. Pero ese tipo de locura que, sin embargo, se llama amor —respondí, aterrado por la insustancialidad de mis palabras. Comprendí de pronto lo absurdo de nuestra situación, comprendí que nuestra historia era tan imposible de interpretar y recuperar como cualquier otra, que se había esfumado, extinguido, desaparecido, y que nosotros ya nada teníamos que ver con ella como casi nada teníamos que ver tampoco con nuestras vidas. Y pensé entonces que sólo la escritura podía restablecer la continuidad, la línea inquebrantable de nuestra vida, y que, de hecho, sólo estábamos allí para que yo consiguiera la novela perdida de B.

Por eso escuché tan de lejos sus palabras:

—Me dejaste plantada. Te colocaste como profesor en una escuela superior de provincias. Ni siquiera me diste tu dirección.

Así fue, en efecto. Sólo así pude liberarme de esta relación, que me proporcionó tantas alegrías como sufrimientos. Y como vi con horror que ya empuñaba el pomo de la puerta, pregunté rápidamente y al buen tuntún si la había citado la policía.

—¿Por qué había de citarme? —preguntó asombrada y retiró la mano del pomo. Le conté la escena con el inspector; le dije que si no habían dado señales de vida hasta ahora, sin duda tampoco lo harían en un futuro; y que no debía temer nada pues nadie podía demostrar su implicación, siempre y cuando no la hubiera confesado a nadie.

Al ver que se tranquilizaba, le pregunté si podía explicar de alguna manera el suicidio de B.

—Estaba quemado —respondió después de pensárselo un rato, y tuve la impresión de que lo dijo conmovida—: Se acabó la resistencia, el mundo se abrió ante él. Y estaba aburrido de buscar siempre nuevas prisiones.

Sí, sonaba bien. Le pregunté si se había encontrado o había hablado con B poco antes de su muerte.

Ni lo uno ni lo otro, contestó.

Entonces ¿cómo fue a parar a sus manos el manuscrito?, pregunté.

¿Qué manuscrito? ¿A vueltas con la novela? ¿Por qué no podía creer yo que no existía ninguna novela?

Porque tiene que existir, dije.

¿De dónde había sacado yo esa idea fija y por qué no estaba dispuesto a librarme de ella?

Escúchame, Judit: así no se puede morir. Cualquiera, sí; él, no. O bien no creo que muriera o bien no creo que no dejara algo. Su muerte es un hecho. Queda, pues, la segunda conclusión: que el legado no está completo. Le falta algo. Le falta la obra que lo reúne todo, el LIBRO. No puede haberse ido sin él. No podemos suponer que un verdadero escritor fuera tan diletante.

Vuelve en ti, Keserú. Estás diciendo locuras.

No creo que sea una locura. Mi fe me ha mantenido en mi carrera, Judit. ¿Qué sería un editor sin la fe, sin una tarea espiritual? ¿Qué sería en un mundo censurado, maligno y analfabeto? Nada ni nadie. Un esclavo obligado a corregir deberes, un corrector abocado a la ceguera. Yo, sin embargo, creo en la escritura. No creo en nada más, sólo en la escritura. El hombre vive como un gusano pero escribe como los dioses. En algún momento se conocía este secreto, que ahora, sin embargo, se ha olvidado: el mundo está compuesto por fragmentos que se desintegran, es un caos oscuro e inconexo sólo sostenido por la escritura. El hecho de poseer una idea del mundo, de no haber olvidado todo cuanto ha ocurrido, de no haber olvidado que, en general, se tiene un mundo, se debe a la escritura. Ésta, el invisible hilo de la araña, el logos que sujeta nuestras vidas, lo ha creado y no cesa de crearlo. Existe una antigua palabra bíblica, ya en desuso, que designa al doctor de la ley: el escriba. El escriba es más que un talento, el escriba es más que un buen escritor. No es un filósofo, ni un lingüista, ni un estilista. Por mucho que tartamudee, por mucho que no lo entiendas de inmediato, siempre reconocerás al escriba. Bé era un escriba. Su legado no puede haberse perdido, puesto que nos lo legó a nosotros. Ahí está el secreto. No sólo el suyo sino también el nuestro. Y ahí reside también el secreto de la causa de su acto. Y de ahí sabré también si debo seguirlo o si tengo otra opción. Quizá sean tan sólo cinco palabras para descifrar, pero esas cinco palabras son la enseñanza. La quintaesencia, el sentido.

Enseñanza, quintaesencia... Empiezo a tenerte miedo, Keserű.

Con razón, Judit. Debes darme el manuscrito. Tengo que leerlo, tengo que revisarlo, tengo que hacerlo llegar a los hombres. No puedes eludir la respuesta, Judit. Llegaré hasta el final. Hasta estoy dispuesto a chantajearte.

¿Cómo? ¿Con qué?

Aún no lo sé, pero ya me inventaré algo. Hablaré con tu marido.

No lo hagas, Keserű.

Vaya. Te has asustado.

No te metas en mi vida. No tiene sentido porque de todos modos no conseguirás nada. Mi hogar está muy lejos de...

No podrás disuadirme. No podrás despertar mi piedad. No me arredraré ante nada. Soy capaz de todo, Judit.

Sí. Ya lo veo. Y me das miedo.

Me gustaba vivir contigo, Ádám, porque nunca quisiste destruir esa dosis mínima de extrañeza que, por lo visto, todo amor necesita.

Recuerdo cómo te esperé aquella noche. Puse la mesa en la terraza y encendí unas velas en la tranquila noche primaveral. Ya había dado de cenar a los niños y los había acostado. Al cabo de un rato oí el rumor del coche. Reinaba tal silencio que oí incluso el ligero zumbido del portón del garaje al abrirse; volví a oír tu coche, luego la puerta, tus pasos y finalmente tu voz: me llamabas. Corrí a tu encuentro, el tacón de un zapato se incrustó en una grieta inimaginable en el umbral, y a punto estuve de caer.

Me gustaría recordar ese momento con mayor nitidez, puesto que nunca se repetirá. Es tan extraño cómo pasa el amor. De repente, el mundo a tu alrededor se torna frío, gris, comprensible, sobrio y extraño.

Vino a verte un tipo. Se llamaba Keserű. Afirmaba tener que decirte algo sumamente importante. Habló de cosas extraordinarias. Puso una carpeta sobre tu mesa y se marchó. La carpeta contenía toda suerte de textos, apuntes y aforismos en setenta u ochenta páginas mecanografiadas a un solo espacio. Te pasaste toda la tarde leyéndolos. Era como si unos pesos se precipitaran sobre ti. Desde entonces ya no eres la misma persona; ni yo soy la misma para ti. Se abrió ante ti un mundo desconocido y tomaste conciencia de que yo procedía de allí. Comprendiste lo poco que sabías de mí en el fondo. Por discreción o cobardía, jamás hurgaste en las infamias que, con benévola vaguedad, llaman "pasado". Te diste cuenta de que poseía una vida diferente, secreta, de la que nunca te había hablado. Después de cinco años de matrimonio te viste abocado a pensar que, de hecho, apenas me conocías.

En ese momento supe que se acabó. Se acabó cuanto había construido, cuidado y atendido en el curso de los años. No había salida, contrariamente a lo que creía hasta entonces, y no sé cómo pude llegar a creer que pudiese existir.

¿Qué querías saber de mí? Todo, respondiste. Todo cuanto hemos callado hasta el día de hoy. Aun así, no sabías por dónde empezar. Quizá por la identidad de ese tal Keserű. Él creía ser el mejor amigo de Bé, respondí. Bé, sin embargo, no tenía mejores amigos, puesto que no tenía tiempo para la amistad ni necesitaba a los amigos. No te gustó la familiaridad con que habló de mí. ¿Por qué? ¿Qué dijo? Da igual. Era extraño. Como si...

Sí, fui su amante. He de decir, en su descargo, que le costó: estaba engañando a su amigo, a su mentor, a su ídolo. Yo no mostré mucha comprensión por sus problemas morales: lo necesitaba a él, precisamente a él. Por aquellas fechas me impulsaba una pasión: quería destruir mi cuerpo, porque aquel a quien quería, Bé, mi marido, ya apenas lo tocaba.

Recuerdo aquella mañana. Cuando me desperté, Bé, mi marido, no estaba a mi lado: a buen seguro se hallaba en el recibidor (así se definía nuestra vivienda: habitación y recibidor), o sea, se hallaba a buen seguro en el recibidor carente de ventana, escribiendo. Siempre escribía, o traducía, o leía. Por lo común, sólo le veía la espalda. Descorrí la cortina: era una mañana luminosa de principios de verano, la fragancia de las flores impregnaba la ciudad, aun viniendo de lejos. Empezaba un nuevo día, tan superfluo como yo allí envuelta en mi bata. No se oía ni una voz, no se movía ni un objeto. Sentía una necesidad imperiosa de llorar. No de gimotear ni de lloriquear ni de soltar lagrimitas, sino de llorar a lágrima viva, a moco tendido, a gritos, golpeando la pared con los puños. De repente me di cuenta de que no podía hacerlo en casa. El piso era demasiado pequeño. Se oiría todo. Me vestí, pues, a toda prisa, con el llanto reprimido en la garganta, y bajé corriendo a la calle. Ya asomaban las lágrimas, y me rompía la cabeza pensando adónde ir a llorar. No podía ser un café ni ningún lugar público. En la consulta, mi colega ya habría empezado a visitar. Los urinarios no me gustaban. Iba por una plaza grande, recuerdo que, en un tramo, una franja elevada, hecha con adoquines, transcurría junto a las vías del tranvía para separarlas de la calzada. Por la razón que fuera, caminé por esa estrecha franja. Los coches pasaban zumbando junto a mis pies. ¿Me torcí el tobillo? ¿O reconocí de pronto la más sencilla de las soluciones? No caí, pero un pie se deslizó de los adoquines. A mi espalda se oyó un frenazo espantoso. Vi, a través del parabrisas, directamente la cara del conductor. Debía de ser un chófer profesional. Pálido como el papel, miraba adelante como paralizado, el horror se le había helado en el semblante, y entonces comprendí en qué situación lo había metido. Sin comerlo ni beberlo, se encontró de pronto desempeñando un papel en mi destino; en una mañana veraniega de apariencia inocente a punto estuvo de matar a una persona. Reemprendió la marcha sin decir palabra, y yo seguí adelante sin decir palabra. Me hallé después en la escalera de un edificio; subí a una de las plantas y toqué el timbre. Por fortuna, me abrieron. Aparté, en el sentido literal de la palabra, a un pasmado Keserű, me arrojé sobre el sofá y, tumbada boca abajo, me puse a llorar a gritos, sin inhibirme, golpeando con el puño el asiento. Veía en el perímetro de mi campo visual la sombra muda e inmóvil de Keserű. Después se acercó. Empezó a interrogarme. A continuación trató de consolarme. Y luego nos acostamos. Asombrada y aliviada me entregué a mis orgasmos, que estallaban y que yo recibía chillando, cosa esta que no acostumbro. Fue la primera vez que engañé a Bé. Era una solución, aunque no la más fácil ni la más perfecta.

—¿Amabas a Bé?

—No sabría qué contestar, Ádám. Seguro que lo quería y seguro que lo odiaba. Pero eso no cuenta. No es cuestión de querer o no querer. Un vínculo diferente nos unía.

—¿Qué vínculo?

—Eran varios. No los entenderías.

—¿Es verdad que te encontrabas con él?

—Es verdad.

—¿En varias ocasiones? ¿A menudo? ¿Te
acostaste con él?

—No. ¿Y si me hubiera acostado? ¿Qué
importancia tendría?

—Es verdad. Qué importancia... —murmuraste. Un impulso hostil se iluminó en tus
ojos. Por primera vez desde que nos conocimos.
Lo siento. Querías conocerme, ¿no? Pues adelante. Pero no esperes que te ayude.

Había refrescado. Entramos en la sala de
estar. Me gustaba nuestra sala de estar, Ádám.
Sobre todo así, de noche, a la luz de una sofisticada iluminación. Te pedí que cerraras la puerta
de la terraza. Tenía frío. Hasta podrías encender
la chimenea, dijiste. Estaba todo preparado. Enciéndela, respondí. Que arda. Me entraron ganas de beber algo. Algo fuerte, un coñac. Rebuscaste en el bar. Por lo visto, el coñac se había
acabado. Un vodka, entonces. ¿Ruso o finlandés?
Ruso, sólo ruso. Brindamos. Parecías aliviado:

—Ese hombre —dijiste— afirma que
existe un manuscrito... Una novela...

—No existe —dije.

—Él afirma que sí...

—Existió.

—¿Una novela?

—Por llamarla de alguna manera. Keserű la llamaría así.

—Así la llamó. Una novela, dijo, que acabó antes de suicidarse y que te entregó a ti...

—Sí. Es cierto.

—¡O sea que sí existe!

—No existe —dije.

—¿Dónde está entonces?

—Se quemó.

—¿Se quemó? —preguntaste asombrado—. ¿Dónde?

Señalé la chimenea.

—Allí.

—¿La quemaste?

—La quemé.

Esperaste un rato, por si yo decía algo. No dije nada. Debías darte cuenta de que no quería ofrecer ninguna explicación. Aun así, me preguntaste por qué había quemado aquella novela o lo que fuese. Porque me lo pidió, contesté. No es motivo suficiente, sentenciaste. Diste el ejemplo de algunos artistas que habían solicitado a sus herederos que quemaran su legado pero que en el fondo no deseaban en absoluto que tal cosa se produjera.

—Él sí quería —te aseguré.

—Entonces ¿por qué no la quemó él?

—Porque quería que la quemara yo.

—¿Y si no lo hubieras hecho? A lo mejor te la confió precisamente por eso...

—Me la confió porque sabía a ciencia cierta que lo haría.

—¿Cómo lo sabía?

Lo sabía porque era nuestra alianza secreta. La culminación de nuestra relación, su sentido solemne, su apoteosis. Esto, sin embargo, no podía decírtelo. Bastante perplejo te quedaste, así y todo. Insistí en que ése era el último deseo de Bé. Admito que la explicación cojeaba un poco.

Pero ¿por qué necesitabas una explicación? ¿Por qué habías de tensar la cuerda hasta el final, por qué torcías el gesto como si me exigieras responsabilidades? Si no temía haber destruido algo importante, preguntaste con cara de preocupación. Resultaba extraño, o más que extraño, que asumieras la defensa de Bé ante mí. Sé lo que te guiaba: tu bandera, la honestidad. No podía hacer nada por ti, Ádám, nada de nada. Nunca te había visto tan necio, tan torpe, tan estúpido. Siempre te había visto en las mejores situaciones y siempre procuraba verte en ellas. Guardo miles, decenas de miles de recuerdos de ti. Desde luego, percibo en todo momento tu mano cálida sobre mi espalda, mi hombro, mi cuerpo. Me llevabas al hospital por la noche. Mirábamos cómo dormían nuestros hijos. Estaba tumbada contigo en la cama, los ojos empañados por la felicidad, la cabeza apoyada en tu hombro. Me gustaba mirarte jugar al tenis, me gustaba verte ante tu mesa

de dibujo, contemplando con la cabeza ladea-
da el proyecto que se iba gestando. Te amaba.
Y en ese momento sólo me desesperaba verte
en una situación tan indigna. Jugaba contigo como el gato con el ratón, pero, créeme, no porque así lo quisiera sino porque irrumpiste en el
reino de mis secretos, donde solamente yo me
oriento, si es que en verdad me oriento.

Si al menos la leí antes de...

... tirarla al fuego, acabé la frase. Sí.

¿Qué tal era?

¿Qué quieres decir?

—Pues eso... si era buena o mala.

—¿Qué significa, hablando de una novela, si es buena o mala? Además, él nunca la
llamaba una novela.

—¿Cómo la llamaba?

—Manuscrito. Mi escrito.

Titubeé. Luego, sin embargo, me atreví:

—La lucha entre un hombre y una mu-
jer. Al principio se aman. Luego, la mujer quiere un hijo del hombre, y él no se lo perdona.
Somete a la mujer a toda clase de tormentos,
para romper y minar su confianza en el mundo. La empuja a una grave crisis psíquica, casi
incluso al suicidio, y cuando toma conciencia
se suicida en lugar de ella.

Callaste. Preguntaste luego por qué cas-
tigaba el hombre a la mujer por el mero hecho
de desear un hijo.

—Porque no debía desearlo.

—¿Por qué no?

—Por Auschwitz.

Fue como si algo se iluminara en ti. ¿No se parece la historia un poco a tu matrimonio con Bé?, preguntaste basándote en cuanto de él sabías a través de mí. No, respondí, yo nunca quise suicidarme. Entonces volviste a preguntar si estaba seguro de no haber malinterpretado la intención de Bé. Los escritores, dijiste, "se sumen a veces en la desesperación más profunda" para dominarla luego y seguir adelante.

—Pero Bé se quitó la vida —te recordé.

—Cierto —admitiste.

—Además, Bé jamás se consideró un escritor —dije.

Vi que te extrañó:

—Pero escribía...

—Porque era su único medio de expresión. Sin embargo, el verdadero medio de expresión del hombre es la vida, decía él siempre. Vivir la vergüenza de la vida y callar: tal es el logro más grande. Cuántas veces lo dijo, cuántas, hasta la locura.

Cómo llegó el manuscrito a mis manos, quisiste saber.

Me lo dio.

¿Dónde?

En su piso.

No perdiste la cabeza, mostraste un enorme dominio de ti mismo. Conque era cierto que subías a verlo, observaste. No era cierto. Pero en esta ocasión me llamó y fui. Vi por primera vez su celda de hormigón, como la llamaba con una sonrisa. Era bastante desolada. Vi, sin embargo, en la mesa, en un florero, las flores de Sára. Puse a su lado las mías. Me alegré de las flores de ella: estás en buenas manos, le dije. Sonrió. Sacó el mamotreto de un armario, de debajo de la ropa interior. "Léelo", dijo. "¿Qué es?" "¿Cómo solías llamarlo? Un escrito de acusación contra la vida", volvió a sonreír. Nadie en el mundo tenía una sonrisa tan triste. Con cierta cautela, traje a colación la cura de desintoxicación. No protestó. "Ya hablaremos." Al día siguiente por la mañana, el correo trajo la carta de despedida. Todo estaba preparado con suma precisión, como el crimen perfecto.

Te lo callé. No es que no tuvieras el derecho de saberlo todo sobre mí. Vi que el sino te impulsaba también a ti, Ádám; querías llegar al fondo de algo, ni tú sabías quizá de qué. Después de no hablar nunca del asunto —y si lo hacíamos, a pesar de todo, siempre procedíamos con suma prudencia—, ahora de pronto querías saberlo todo sobre Bé y mi matrimonio con él. Intentabas imaginar al hombre, dijiste. Su ambiente, mi convivencia con él. Te pedí que no lo hicieras. ¿Por qué no? Porque era humillante, respondí. ¿Qué hay de humillante en ello? El hecho de que el hombre pueda caer tan bajo. ¿En qué sentido? ¿A qué profundidad? Muy bajo, al nivel de Auschwitz, allí donde el hombre pierde la voluntad y la compostura, donde abdica de sus metas, donde se pierde a sí mismo.

—Así y todo, aguantaste a su lado.

Era cierto.

—¿Por qué? Quiero saber la causa: ¿por qué?

Sí, durante un tiempo también me torturaba la pregunta: ¿por qué? Me fascinó, creo, esa vida extraordinaria. Es una palabra especial, pero no existe otra para expresarlo: fascinación. Quedé sometida a su influjo. Necesité tiempo, pero poco a poco me di cuenta del rumbo que había tomado nuestra vida. Empezamos a agotar todas las posibilidades de resistencia a la destrucción, tal como había leído en el libro de un autor francés que me había dado Bé. Había en ello cierta regularidad. Bastaba cruzar una línea fronteriza para sentirse liberado o, cuando menos, aliviado. Durante un tiempo aún se podía hablar con Bé. En una ocasión hablamos de las palabras. De las palabras y de las neurosis. O, para ser más exacta, de la fobia a las palabras. Explicó sus fobias a las palabras, que lo atormentaron en la infancia y que luego reprimió conscientemente dentro de sí. Me preguntó si también tenía tales fobias. Poseía un talento particular para hacer aflorar vivencias dolorosas. No había manera de escapar a sus preguntas. De repente aparecieron las

terribles palabras de mi niñez: *el secreto judío.*
Siempre pronunciaba estas palabras con voz
profunda y *peluda* para mis adentros, bajando
los ojos. Se trataba de algo así como una con-
signa para evocar mis otras palabras fóbicas:
Auschwitz. Lo mataron. Fue exterminado. Sucum-
bió. Sobrevivió. Me evocó toda mi infancia oprimente, que transcurrió a la sombra de estas
palabras. Mi madre murió de una enfermedad
que había traído de Auschwitz, mi padre era
un *superviviente,* un hombre taciturno, solitario, inaccesible. Ni siquiera sé cómo pude de-
sarrollarme hasta ser una mujer relativamente
normal. Debía luchar todos los días por una
mente sana, por mantener la normalidad. Odiaba ser judía y más aún habría odiado negarlo.
Sufría una neurosis en toda regla como tantos
otros, y como ellos sólo vislumbraba una salida: acostumbrarme, convivir con la neurosis. Al
lado de Bé aprendí, sin embargo, que no bastaba. Hay que recorrer el camino hasta el final,
decía siempre. Mi camino no conduce a ninguna parte. No mires adónde conduce, sino,
más bien, de dónde ha partido.

Así, poco a poco se fue gestando el modo
de la liberación dentro de mí. Me costó, pero reconocí que Auschwitz era mi novio... El encuentro con Bé no fue obra del azar. Era como
si hubiera sabido que algún día debería inten-
tar llegar hasta el fondo del secreto de mi vida
y que la única forma de conseguirlo consistiría

en vivir Auschwitz de alguna manera. Bé vivió Auschwitz aquí en Budapest, eso sí, un Auschwitz que no podía compararse con Auschwitz, un Auschwitz domesticado y asumido voluntariamente al que, sin embargo, uno podía sucumbir igual que al de verdad. Aquí en Budapest yo sólo podía vivir Auschwitz con una persona: con Bé. Desde luego, no era capaz de lo mismo que él. Yo sufría, él se mantenía frío. Su determinación a veces me volvía casi loca. Era radical, implacable y, en ocasiones, incluso cruel en la autodestrucción. Al principio pensaba que era una lástima tanto talento desperdiciado. Luego comprendí que volcaba todo su talento en Auschwitz, que era el artista exclusivo y autorizado de la forma de vida de Auschwitz. Tenía la sensación de haber nacido ilegalmente, de haber quedado con vida sin razón alguna y que su existencia únicamente podía justificarse si "descifraba el enigma llamado Auschwitz". Tenía un libro escrito en inglés que había conseguido no sé dónde. El autor firmaba la obra con su nombre de prisionero, como él: Ka-Tzetnik 135633. Contenía unas líneas que Bé citó tantas veces que me las sé de memoria: "Ni siquiera quienes estuvieron allí conocen Auschwitz. Auschwitz es otro planeta, y nosotros, habitantes del planeta Tierra, no poseemos la llave que nos permita descifrar el enigma inherente a la palabra Auschwitz". Él, no obstante, quería descifrarlo y a ello consagró su vida. Sin embargo, no quería proceder de forma filosófica o científica, ni siquiera a través de sus escritos. Eligió un modo mucho más peligroso y él mismo se convirtió así en alguien sumamente peligroso, para todos, especialmente para mí y, siendo justa, muy en particular para él mismo. Cómo explicarlo... Él quería atrapar Auschwitz en su propia vida, en su vida cotidiana, tal como vivía el día a día. Quería registrar en sí mismo —le gustaba esta palabra: registrar— las fuerzas destructivas, la necesidad de sobrevivir, los mecanismos de adaptación, así como en otros tiempos los médicos se inyectaban veneno para comprobar en ellos mismos el efecto.

Un buen día tomé conciencia de que había cejado en mi resistencia. De hecho, no me expreso con precisión: un buen día tomé conciencia de que me sentía satisfecha. Lo comprobé asombrada puesto que no tenía ningún motivo para la satisfacción. Tuve que comprender que había cruzado una frontera. Estaba quemada. Compadecía mi joven vida. No estaba dispuesta, sin embargo, a emprender nada por ella. No tenía ni deseos ni objetivos, no quería morir pero tampoco me gustaba vivir. Era un estado peculiar y, a su modo, ni siquiera desagradable.

De repente, sin embargo, se despertó en mí el instinto vital. A decir verdad, vivíamos de una manera insostenible. Apenas nos relacionábamos con nadie, y manteníamos desesperantes conversaciones "inconformistas" con las escasas personas que veíamos. Vivíamos en el país de los criadores de conejos y cultivadores de champiñones. Mis colegas médicos habían dado casi todos el brazo a torcer. Todos poseían un coche barato, una llamada "choza" en el campo, unos cuantos hijos y un matrimonio, fuera bueno o malo. Cada tres años solicitaban sus documentos para poder salir del país y, con unos cuantos dólares en el bolsillo, viajaban como turistas a Occidente. Los despreciaba. Me sentía orgullosa de mi privilegiada marginación. Una noche, sin embargo, vi un volumen ilustrado entre los libros de Schivitti, Katzenelson, Jean Améry y Borowski. Contenía algunas de las obras más importantes de la galería de los Uffizi, en hermosas reproducciones y páginas de formato grande. Había allí, además, un libro de tapa amarilla bastante manoseado, el estudio de Valéry sobre Leonardo. Bé necesitaba todo esto para una traducción. Esa noche, me habló de Leonardo y Miguel Ángel. No se los podía situar en el mundo humano, dijo. No se podía entender cómo se habían conservado sus nombres, dijo. No se podía entender cómo había quedado en pie algo que testimoniara grandeza: a buen seguro debido a una serie de casualidades y a la incomprensión de los hombres, dijo. Si los hombres hubieran comprendido la grandeza de estas obras, las habrían destruido hace tiempo, dijo. Por fortuna, habían perdido el sentido de la grandeza y sólo les había quedado el sentido del asesinato, pero no cabía la menor duda de que habían desarrollado este sentido del asesinato y lo habían sofisticado hasta llegar al arte e incluso casi hasta la grandeza, dijo. Mirándolo bien, observando con detenimiento el arte contemporáneo, dijo, sólo encontraríamos una única rama artística que hubiera sido desarrollada hasta el nivel de un arte sin parangón, y esta rama era el arte del asesinato, dijo. Así continuó hasta que me derrumbé, hasta que me inundó la ya familiar apatía de la desesperación.

No sé qué me ocurrió al día siguiente. Recuerdo que hacía un tiempo espléndido, que la luz del sol centelleaba en las ventanas, en las superficies de vidrio y de metal. La gente estaba sentada en las terrazas de los bares iluminadas por el sol. Tenía la sensación de que el mundo se reía a mi alrededor. No pensé en nada. Simplemente entré en una llamada sucursal bancaria y me limité a resolver cuanto tenía que resolver. A continuación me dirigí a una oficina de turismo. Reservé, para dos personas, un viaje en autocar. Destino: Florencia. Aquel día, Bé se mostró más implacable que nunca. No entendía mi decisión, dijo. ¿No percibía yo lo absurdo de esta determinación, de este acto, de este atentado?, preguntó. No comprendía cómo era yo capaz de imaginar que se levantaría de su mesa para viajar a Florencia en compañía de un montón de tarados. No comprendía qué se le había perdido a él en Florencia. No comprendía cómo podía imaginarlo yo en Florencia. No comprendía cómo podía yo imaginar Florencia, no comprendía que yo pudiera imaginar que para él, Bé, existía un ente llamado "Florencia". Si existía esa tal Florencia, entonces, desde luego, no existía para él. Es más, Florencia ni siquiera existía para los florentinos, puesto que los florentinos ignoraban desde tiempos inmemoriales el significado de Florencia. Florencia no significaba nada para los florentinos como tampoco significaba nada para él, Bé. No comprendía mi enorme e imperdonable error de fingir que el mundo no era el mundo de los asesinos y de procurar instalarme cómodamente en él. No comprendía que yo pudiese imaginar que Florencia no era la Florencia de los asesinos cuando en estos tiempos todo pertenecía a los asesinos. Y así sucesivamente. Antes de que lograra desesperarme del todo, sin embargo, le pregunté sin ambages si quería acompañarme a Florencia. Se quedó de una pieza: ¿de qué había estado hablando hasta entonces?, preguntó. O sea, que no, dije. O sea, que no, dijo. Así pues, iré sola, dije. Tomó nota. Pero lo vi perplejo. En los días siguientes observé más de una vez un gesto de inseguridad en él: como si aún quisiera decirme algo. Pero no abrió la boca. De hecho, apenas intercambiamos unas palabras, siempre las más objetivas, las más prácticas. Después hice la maleta y me marché. Ni yo misma sabía por qué. No tenía ganas de viajar. Me impulsaba la tozudez y nada más.

En ese viaje te conocí, Ádám. Después me contaste que realmente te había exasperado, pues tenías la sensación de que ni siquiera me percataba de tu existencia. Claro que me percataba. Veía que te interesabas por mí. Recurriendo a un pretexto, me interpelaste en el vestíbulo del hotel en una ocasión. En otra, me ayudaste educadamente a subir el empinado estribo del autocar. En la siguiente, te referiste con un comentario ingenioso a un cuadro. Me propuse entonces que, si volvías a dirigirte a mí, te hablaría a las claras: estimado campeón de tenis (no sé por qué, pero se notaba que te gustaba jugar al tenis), no se esfuerce usted en vano, que no estoy yo para acostarme con nadie. Y no porque usted no me guste sino porque carezco de libido. Soy frígida, como suele decirse.

Tu carta, sin embargo, me emocionó. No había recibido una carta de amor desde la adolescencia y, de hecho, había sido una sola. La dirigiste, con suma discreción, a la consulta. Me conmovió la compasión de las primeras líneas: nunca en tu vida habías visto un rostro de mujer tan desdichado, escribías. Parecía tan infeliz que —te disculpabas por tu franqueza—

hasta surtía un efecto erótico. No cesabas de fantasear con mi rostro, escribías, "con esa cara inquietante y sin brillo". Trataste de aplicarle alguna magia para obligarla a esbozar alguna expresión, alguna muestra de interés que se iluminara de improviso, una primera sonrisa. "Y trato de imaginar cómo será ese rostro en los momentos de placer..." Recuerdo cada una de tus palabras, ¿ves? Guardé la carta en mi cajón, entre un caótico montón de recetas, tarjetas de visita y demás papeles.

No te tomé en serio. ¿Cómo podía hacerlo? ¿Qué posibilidades me ofrecías? No necesitaba a un amante y todavía menos a un buen amigo. Tras mi regreso de Florencia, Bé apenas me dirigió la palabra. Aunque parezca extraño, esto no me impulsó a cambiar mi vida. De hecho, siempre tenía en cuenta que no podía culpar a Bé; al fin y al cabo, no nos comprometimos por contrato a compartir un matrimonio feliz. Consideraba tan natural mi vida, mi desamparo junto a Bé, que hasta me volví arrogante. Era tan natural que acabara consumida, destruida, aniquilada en mi matrimonio que ni siquiera se me pasó por la cabeza la posibilidad de elegir. ¿Qué me importaban las existencias carentes de problemas, las historias de éxito simplistas, las condiciones ordenadas, las vidas deportivas, el entusiasmo profesional? Confieso que te desprecié profundamente.

No sé cuándo me di cuenta de que algo había cambiado en mí. Lo logró tu aguante, a buen seguro. Reaparecías una y otra vez; llamabas por teléfono; me esperabas en la calle delante de la consulta. En vano procuraba eludirte, en vano mandaba que te dijeran que estaba reunida; volvías a aparecer, siempre con esa expresión de confianza, con esa sonrisita que parecía una forma de pedir disculpas. Sólo tu corbata cambiaba en cada ocasión. Una noche, acabé entrando contigo en un bar. Y una mañana tomé conciencia, de pronto, de que estaba ante un escaparate mirando corbatas.

Alumbré las palabras de repente, sin prepararlas. Era de noche, había vuelto tarde de tu casa. Bé seguía sentado a su escritorio, leyendo o escribiendo, escribiendo o leyendo, leyendo y escribiendo..., tanto monta, monta tanto. Le pregunté si le interesaba saber adónde iba últimamente todas las noches. No contestó. Y entonces le di las gracias a mi manera. Ya no recuerdo mis palabras. Le di las gracias por haberme permitido entender lo que hasta entonces no había entendido ni había osado entender debido a mis padres, a mi familia, a mi horrible herencia. Ahora lo entiendo todo, y la respuesta está preparada dentro de mí, dije. A buen seguro que tienes razón, Bé, el mundo es el mundo de los asesinos, continué, pero, aun así, no quiero verlo como el mundo de los asesinos sino como un lugar donde se pueda vivir. Lo aceptó. Me dejó marchar. Daba la impresión, con todo, de que algo había quedado sin aclarar entre nosotros, algo sustancial para colmo. Yo no habría podido definir ese punto opaco. Sin embargo, ninguno de los dos tenía la conciencia tranquila. Era como si ambos tuviéramos la sensación de debernos algo todavía.

A tu lado, no obstante, me apacigüé. Aprendí a olvidar. Y aprendí a convivir, no sólo contigo sino también conmigo. Tal vez aún recuerdes mi respuesta aquella noche, cuando me preguntaste de dónde había sacado fuerzas para quemar el manuscrito.

—Te extrañará mi respuesta, Ádám. Tú me diste la fuerza. Tú y nuestros hijos.

Así era. Lástima que rescindieras nuestro contrato, Ádám. Lástima que rescindieras nuestra felicidad.

Aún he de contarte algo que preferiría callar. Quizá recuerdas que viajé a un congreso dermatológico en Cracovia. Por aquel entonces ya tenía en mi poder el manuscrito pero aún no había cumplido el encargo. Pensé que primero debía visitar Auschwitz. El congreso, y sobre todo el momento, me pareció una señal. Sabrás a buen seguro que se estableció una línea de autobús regular entre Cracovia y Auschwitz para los turistas interesados. Aunque quería viajar sola, una colega me vio reservando un billete en la recepción del hotel. No pude evitar que ella, y otros a su estela, se apuntaran a la excursión. Me molestó, pero pensé librarme de todos ellos in situ. Me costó aguantar su cháchara en el autobús. Finalmente llegamos a un lugar y entramos en una sala que parecía el vestíbulo destinado a la venta de entradas en un balneario. Por doquier había folletos en todas las lenguas del mundo. Informaciones sobre descuentos para grupos, etcétera. A través de la pared de cristal trasera, los barracones de piedra gris se vislumbraban como una promesa. La gente se aglomeraba en los estrechos caminos. Hombres, mujeres y niños. El sol brillaba gris detrás de velos de nubes. Compramos las entradas. Empezó a adueñarse de mí el presentimiento de las empresas fallidas. Allí estaba todo cuanto conocía ya perfectamente por las fotografías. La inscripción sobre la puerta, las alambradas que se estiraban entre postes de hormigón doblados, los edificios de piedra de una sola planta: todo resultaba irreal, como si se tratase de copias de un original. Me sentía incapaz de sumirme en el estado de ánimo para el que llevaba días preparándome. Me rondaba la sensación de hallarme en un museo al aire libre. Maligna que soy, se me ocurrió que enseguida aparecerían los comparsas vestidos con los trajes a rayas de los prisioneros. Vi los zapatos expuestos con el esmero que merecen los objetos museales, las maletas, los pelos humanos prolijamente amontonados y no conseguí establecer con ellos una relación interior, no logré considerarlos mis zapatos, mi maleta, mi pelo. Los visitantes situados a mis espaldas me daban algún que otro empujón y los colegas, que no cesaban de aparecer una y otra vez, se dirigían a mí. Alguien preguntó si estaba permitido fumar. Lágrimas bajaban por las mejillas de una mujer mayor. El rumor de una conversación continua no cesó ni un solo instante. Un colega dijo a mi lado que había que "ir a Birkenau", que ése era "el lugar de verdad". "¿Qué es eso de Birkenau?", preguntó otro. Yo trataba de zafarme del grupo, pero no había manera, siempre me alcanzaban. Alguien advirtió que no debíamos perder el autobús de regreso. No importa, así no volveré, pues aún no he resuelto nada, dije para mis adentros. Era un pensamiento como los que surgen en sueños cuando oímos unas palabras pero no las entendemos. De hecho, ¿qué debía resolver? No lo sabía. Había sido un error venir, todo había sido un error, pensé. Cuando volvimos al hotel, un colega comprobó aterrado que había desaparecido su cartera. El portero del hotel nos informó de que los carteristas abundaban en Auschwitz, donde aprovechaban la conmoción de los visitantes y su consiguiente distracción. Esa noche no pegué ojo y en más de una ocasión no pude reprimir el llanto.

Os habíais ido todos, uno al despacho, los otros al jardín de infancia. Llamé a la policlínica y pedí la baja por enfermedad. Encendí el fuego en la chimenea. Traje el manuscrito de mi habitación. Me senté en la alfombra ante la chimenea. Primero el manuscrito, hoja por hoja, y luego la carta de despedida.

Sin ninguna segunda intención, sin ningún patetismo, sin el más mínimo propósito de chantaje emocional, te pido, es más, te exijo que destruyas este manuscrito como si fuese una carta privada del más allá, no escrita por nadie ni dirigida a nadie. Mi deseo no es precipitado, he tenido tiempo para reflexionar a fondo, de modo que debes considerarlo definitivo e irrevocable. Arrójalo al fuego para que arda, pues a través del fuego llegará a donde debe llegar...

No me sentí sola en ningún momento. Era como contemplar juntos el fuego.

Insuficiente ha sido mi imaginación, insuficientes mis instrumentos, y no me consuela que otros tampoco los encontraran... Sin embargo, yo sé al menos que nuestro único instrumento es al mismo tiempo nuestra única propiedad: nuestra vida.

Lo entendía, entendía todas y cada una de sus palabras.

A ti te corresponde quemar este escrito, mediante el cual pongo en tus manos nuestra mísera y efímera historia: a ti, a la que —siendo tú inocente y desconocedora de Auschwitz— Auschwitz infligió la herida más profunda a través de mí.

Sí, debía asumir lo que me ofrecía; esa vida dedicada a Auschwitz no podía extinguirse sin dejar huella.

Entre las llamas se iluminaba aquí y allá la escritura:

... y basándome en la autorización vivida y padecida, revoco Auschwitz para ti, solamente para ti...

Siempre es culpable quien queda con vida. No obstante, llevaré la herida.

(La sala de estar en el chalé de Ádám y Judit. Aún están encendidas las lámparas, aunque ya despunta el alba tras los ventanales. La puerta de vidrio que da al jardín está cerrada. Las brasas se han apagado en la chimenea.
Ádám y Judit. Parecen cansados; todo indica que han pasado la noche en blanco.
Silencio prolongado.
Judit se levanta y empieza a recoger los ceniceros y las copas sin decir palabra.)

ÁDÁM Esta historia podría contarse de otra manera, Judit.

JUDIT *(se detiene)* ¿Cómo?

ÁDÁM Tal como ocurrió.

JUDIT ¿Crees que miento?

ÁDÁM Estoy convencido de que no mientes. Te he escuchado con atención. Recuerdo todas y cada una de tus palabras, como quien dice. Has contado una historia de amor pintada de Auschwitz, Judit.

JUDIT *(sorprendida)* ¿"Pintada" de Auschwitz?... ¿Qué quieres decir? ¿Qué sabes tú de Auschwitz?

ÁDÁM Todo cuanto puede leerse. Y, sin embargo, no sé nada. Como tú tampoco puedes saber nada.

JUDIT No es lo mismo. Yo soy judía.

ÁDÁM Eso no quiere decir nada. Todos son judíos.

JUDIT Me asombras, Ádám. Eres ingenioso como un filósofo. Jamás habría imaginado que tú..., que leyeras sobre Auschwitz, por ejemplo.

ÁDÁM Desde que te conozco, Judit, sin parar. Un libro tras otro. En mi despacho encontrarás libros sobre Auschwitz suficientes para llenar una biblioteca. Es inagotable.

JUDIT Nunca me has hablado de ello.

ÁDÁM No, porque notaba que te escabullías. Lo que no sabía era que, de hecho, te escabullías ante tu amor. Vivías conmigo pero en tus sueños me engañabas con él.

JUDIT Conque de eso se trata. Tienes celos de un muerto.

ÁDÁM Puede ser. Pero de lo contrario no te entendería. No entendería lo que os impulsó a los dos. A él, a escribir aquella obra de penitencia que luego condenó a muerte al tiempo que se condenaba a sí mismo; y a ti, a ejecutar la sentencia y vivir de este modo la experiencia de una unión mística, si no he interpretado mal tus palabras.

JUDIT ¿Y ahora lo entiendes?

ÁDÁM He leído algo así como quince libros so-
bre la manía depresiva y la paranoia.
(Se produce un largo silencio.)
ÁDÁM Nadie puede revocar Auschwitz, Judit.
Nadie. No existe la autorización que lo per-
mita. Auschwitz es irrevocable.
JUDIT *(cada vez más desesperada)* Estuve allí.
Lo vi. Auschwitz no existe.
ÁDÁM *(se acerca a Judit y la coge con fuerza por
los hombros)* Tengo dos hijos. Dos hijos me-
dio judíos. Aún no saben nada. Duermen.
¿Quién les hablará de Auschwitz? ¿Quién
de nosotros les dirá que son judíos?
*(Largo silencio. Ádám sigue cogiendo con fuer-
za los hombros de Judit.)*
JUDIT *(en voz baja, casi suplicante)* ¿Y si no se
lo dijéramos?

TELÓN.»

Entre las cantidades de apuntes autógrafos, Keserű encontró, sin embargo, otro final
mucho más radical, aunque la forma en versos
libres permitía suponer que se trataba de un
texto creado con anterioridad y, por tanto, de
una versión inicial que no podía considerarse una verdadera alternativa a la definitiva.

ÁDÁM
Él mató al niño en ti
tú mataste el libro

lo quemaste cual si fuese en Auschwitz
una venganza digna
quizá subconsciente como suelen decir
no averiguaré quién de vosotros es el asesino
pero es terrible ver
ahora empiezo a ver
a ver y a comprender
comprendo la pasión
comprendo el horror
comprendo el esconderse
comprendo lo que significa
ser judío
Comprendo la sentencia
comprendo comprendo.

JUDIT
Eras fuerte e inocente
ahora todo ha acabado
sabía que acabaría así
que me alcanzaría
me arrojaría al barro
me aplastaría
sabía que no hay salida

ÁDÁM
Tengo dos hijos
dos hijos medio judíos
quién les hablará de Auschwitz
quién les dirá que son judíos

JUDIT

Se ha ido todo cuanto de ti admiraba
te has vuelto débil histérico cobarde e ingenioso

ÁDÁM

Que no lo sepan de un judío
yo se lo diré
para que no aprendan a estremecerse

JUDIT

Pero si ya te estremeces
cómo lo conozco todo esto Ádám
cómo no lo deseaba
así fue mi vida con Bé
a veces se derrumbaba y perdía la cabeza
vivir es una vergüenza gritaba y se mesaba los
                                                    [cabellos
vivir es una vergüenza vivir es una vergüenza
gritaba yo también y te amo Bé
gritaba tranquilízate
vivir es una vergüenza vivir es una vergüenza
ámame le suplicaba...

*(De repente calla.
Breve silencio.)*

ÁDÁM

¿Cómo que... amar?

JUDIT

Es nuestra única posibilidad.

ÁDÁM
¡Amar! *(De pronto suelta una carcajada.)*

JUDIT
¡Amar! *(La risa histérica se apodera también de ella.)*

(Ádám coge algún objeto liviano de la mesa —un paquete de cigarrillos, por ejemplo— y lo arroja hacia donde se encuentra Judit. Judit también coge algo —un cojín, por ejemplo— y apunta con él hacia Ádám. A partir de allí se desarrolla entre ellos un juego de malabares estrafalario, peligroso y cruel: mientras se sumergen en la palabra, que pronuncian con los más diversos acentos y matices emocionales, y pelotean con ella, por así decirlo, también vuelan los objetos, que toman de la mesa, de los asientos, de aquí y de allá, y van arrojando el uno contra el otro.)

AMBOS
¡Amar! ¿Amar? Amar... Amar.

(Vuelan las palabras, vuelan los objetos.)

TELÓN

Se quitó Keserű las gafas de lectura y se quedó mirando inmóvil el repugnante baile de las partículas de polvo y trocitos de mugre que parecían bacterias malignas en el cono luminoso del sol de la tarde que penetraba por la ventana. Como cada vez que leía esta pieza de teatro, volvió a acabar la lectura con la sensación de haber sido engañado y robado. Había entre los apuntes autógrafos una especie de recordatorio o indicación práctica, que los autores o escritores suelen guardar a menudo —por escrito o en cinta magnetofónica— para no olvidar, mientras redactan su obra, lo que de verdad están escribiendo. En esta ocasión, Keserű no abrió en la pantalla el archivo correspondiente a este recordatorio, pero lo había visto tantas veces que se lo sabía de memoria. «La razón de ser de la pieza de teatro —rezaba el texto— es una novela. La realidad de la obra es, por tanto, otra obra. Para colmo, ni siquiera conocemos esta otra obra —la novela— en su totalidad. No la conocemos como tampoco conocemos la Creación: es, en consecuencia, tan opaca como el mundo que nos ha sido dado y que recibe asimismo el nombre de realidad. Es igual de fragmentaria, pero también igual de inteligible, pues vivimos según la lógica del mundo que nos está dado».

Sin embargo, la realidad que le estaba dada había desaparecido ante los ojos de Keserű debido a los caprichos de la trama dada. Se la quedó mirando como las partículas de polvo y su movimiento lejano, similar al de algas, tan fascinante e incomprensible como un lenguaje de signos trascendental. Como cada vez que llegaba al final de la pieza, Keserű volvió a plantearse la pregunta de Hamlet, que para él no era si ser o no ser sino: ¿soy o no soy? No obstante, su mundo era el de los manuscritos, su vida siempre transcurrió entre manuscritos y giraba en torno a manuscritos; hasta podría decirse que el camino de su vida estaba todo bordeado de manuscritos: así pues, no carecía de cierta lógica que reconociera el escollo de su destino precisamente en un manuscrito. En un manuscrito que había sido quemado.

Soltó Keserű una risa; de hecho, parecía más un gruñido seco que una risa. «Finita la commedia», pensó, sin saber quizá si se refería a la obra de teatro o pensaba, más bien, en un marco más amplio, en la vida o tal vez en la realidad, mejor dicho, en la llamada realidad. Puede que fuera un error haber leído la pieza. Por otra parte, sin embargo, solía leerla de vez en cuando. Quién sabe por qué, pero lo cierto es que le recordaba tiempos más luminosos o tiempos que ahora se le antojaban más luminosos. En las otras épocas, Keserű tenía, no obstante, convicciones; es más, hasta podría decirse que sus convicciones guiaban su vida. Como daba la casualidad de que tornaba a hallarse ante la ventana, mirando a los sin techo, recordó que antes veía a los sin techo de otro modo. En su soberbia intelectual, Keserű se había arrogado el derecho de compadecerse de estos hombres; había levantado la pared gruesa y pegajosa de la compasión entre los sin techo y sí mismo para presumir de sensibilidad social. Había participado en movimientos que utilizaban a los sin techo para presentar el escándalo de su mera existencia como prueba contra la razón de ser de un poder tiránico que se basaba en la mentira de la justicia social.

Últimamente, los sin techo ya no interesaban a Keserű. Puede que por eso se sintiera tan atraído por ellos. En parte porque abrigaba cierta sensación de mala conciencia, como si, de alguna manera, los hubiera abandonado. Y en parte también —no podía negarlo Keserű— porque sus juegos y rituales lo entretenían. Cómo llegaban. Cómo saludaban al recién llegado. Las bolsas. Los objetos que emergían de ellas. Los dedos grasientos que cortaban el tocino sobre el papel de periódico extendido sobre el banco. Las enormes navajas. Las botellas. Las caras, la ropa, los disfraces (para llamarlos así). Sus risas.

Pensaba a veces Keserű que en esos rostros ásperos aparecían con frecuencia la ira y la rabia, pero que nunca veía una cara triste o melancólica. Reconoció poco a poco que estos hombres no tenían por qué sentirse melancólicos puesto que carecían de recuerdos: los habían perdido o habían ajustado las cuentas con ellos. Por tanto, no poseían un pasado ni, ciertamente, un futuro. Vivían en ese estado de presente

continuo en el que la mera existencia se percibe como una realidad inmediata y al mismo
tiempo exclusiva, en las diversas formas ora de
preocupación y miseria, ora de alegría por salvarse momentáneamente de las cuitas. Eran hombres sin historia, y esta idea despertó una táci-
ta compasión en Keserű. Sabía perfectamente,
claro, que cada cual tenía su triste historia que
lo había conducido hasta allí; pero imaginaba
que estas historias habían perdido su significado (si es que, en general, podían tenerlo).

Desde que se liberara de sus complejos
superfluos, Keserű pensaba sin duda de forma
más relajada y, podría decirse, más humana de
los sin techo. Por otra parte, no podía excluir
del todo la posibilidad de encontrarse un buen
día entre ellos, allí en el banco. No hoy, pensó
Keserű, ni mañana, pero sí quizá pasado mañana. ¿Por qué no? Keserű no conocía ninguna
ley ni a ningún ser humano que pudiera o quisiera evitarle tal destino.

Esta idea, bastante desagradable desde
luego, no se le pasó por la cabeza casualmente.
Recordaba que, en un principio, había querido
«trabajar» esa mañana: dos manuscritos yacían
sobre la mesa, aguardando el momento de ser
revisados y preparados para su edición. Mientras repasaba las primeras páginas, sin embargo,
lo invadió una sensación plomiza de desgana.
Tarde o temprano, se vería obligado a admitir
que estaba harto de su oficio. Simplemente, le

aburría juzgar si un libro era bueno o malo; en los últimos tiempos, la cuestión lo dejaba frío a despecho de que éste era su trabajo y vivía precisamente de decidir en tales asuntos. Si se mantenía indiferente al respecto, se quedaría sin profesión ni medios de vida. Probablemente tenía razón su ex mujer que, hacía años, en el transcurso de una conversación, le había sugerido que cambiara de oficio. «No entiendes las señales de la época», le dijo su ex mujer. Asintió Keserű, con arrogancia y desprecio, porque su mujer siempre tenía razón y él la despreciaba por ello.

Ya caía el crepúsculo. La oscuridad —a la que Keserű, situado ante la ventana, le daba la espalda— empezó a posarse sobre la habitación. Sólo la luz fantasmal del ordenador fosforecía en un rincón sumido en la penumbra; por lo visto, Keserű había olvidado apagarlo. Había iniciado una operación que luego olvidó o interrumpió. A su espalda, el aparato, con la insistencia tozuda y torturante que lo caracterizaba, hacía centellear sus inútiles opciones:

SIGUIENTE
CANCELAR

Liquidación se terminó de imprimir en mayo de 2004, en Grupo Balo, S.A. de C.V., Salvador Díaz Mirón núm. 799, col. Santa María la Ribera, C.P. 06400, México, D.F.

O - 1/05